後鳥羽院

Gotobain

吉野朋美

コレクション日本歌人選028
Collected Works of Japanese Poets

笠間書院

『後鳥羽院《ごとばいん》』

目次

凡例

一、本書には、鎌倉時代の歌人後鳥羽院の歌を三十七首載せた。
一、本書は、後鳥羽院の生涯をたどるかたちで、その詠歌を取り上げ鑑賞することを特色とし、帝王後鳥羽院が和歌によってつくり上げようとした世界を、一首の表現から解明することに重点をおいている。
一、本書は、「作品本文」「出典」「口語訳（大意）」「鑑賞」「脚注」・「略伝」「略年譜」「筆者解説」「読書案内」「付録エッセイ」の各項目からなる。
一、作品本文と歌番号は、『後鳥羽院御集』については和歌文学大系『後鳥羽院御集』（明治書院）、『源家長日記』は『源家長日記全註解』（有精堂）、『増鏡』は講談社学術文庫に拠り、その他は主として『新編国歌大観』（角川書店）に拠り、適宜漢字をあてて読みやすくした。
一、鑑賞は、基本的には一首につき見開き二ページを当てたが、特に四ページを当てたものがある。

後鳥羽院

01

雲のうへに春暮れぬとはなけれども馴《な》れにし花の陰《かげ》ぞ立ち憂《う》き

【出典】『源家長日記』、寂蓮集・三二八

空の様子は暮春のそれでもなく、殿上《てんじょう》でも春が暮れてしまったというのではないけれども、帝として馴れ親しんできた南殿《なでん》の桜の木陰だからこそ、立ち去るのがつらいのだ。

幼いころから過ごしてきた場所に変わらず立つ樹《き》をながめ、ふと、この樹は今までずっと自分を見守ってくれていたのだ、と気づき、感慨をおぼえたことはないだろうか。現在知られる後鳥羽院の最初の歌は、そんな感動とともに大切な桜の樹をよんだ一首である。

*『源家長《いえなが》日記』によれば上皇《じょうこう》として迎えた二度目の春、二十歳の後鳥羽院は花の盛りを少し過ぎた三月二十日ころ、十六年間政務を執《と》った南殿*に植わ

【語釈】○雲のうへ―「空」の意と「殿上」の意を掛ける。宮中を天上になぞらえての表現。

*源家長日記―和歌所開闔《かいこう》（事務官）として『新古今集』にかかわった源家長が、後鳥羽院に出仕した建久七

る左近《さこん》の桜を見に訪れ、この花の下で一日中ながめ暮らした。そして折り取った桜の枝にこの歌を結び、供《とも》の一人、内大臣 源 通親《みなもとのみちちか》に送ったのだった。

院の歌は、暮春の感慨をよんだ『古今集』春下の凡河内躬恒《おおしこうちのみつね》の歌*「今日のみと春を思はぬ時だにも立つことやすき花の陰かは」をふまえ、特に花の下を立ち去りがたい春の暮れではないのだけれども、馴れ親しんだ桜だからこそ離れるのがつらいのだとよむ。今までの様子を「馴れにし」、今の心情を「立ち憂き」と対比的によむところに院の思いが詰まった歌で、在位時の儀式や行事をすべて見守ってくれた特別な桜に対する、執着にも似た愛着がこめられた一首だ。

この院の歌に対しての通親の返歌《へんか》や、唱和《しょうわ》した供の者の歌はみな一様に、南殿の桜のほうがなつかしい院の麗《うるわ》しい姿を心待ちにして、盛りを過ぎてもまだ匂うように咲いていてますよ、という内容だった。彼らは、南殿の桜に寄せる院の強い思いに応《こた》え、花の気持ちを代弁するかたちで、院の訪れを言祝《ことほ》ぐ歌を次々とよんだのである。君臣がこのように歌を通して気持ちを合わせる君臣相和《そうわ》の様子は、今後展開する、院を中心とした時代の雰囲気を象徴的にあらわしている。

年（一一九八）から承元元年（一二〇七）最勝四天王院落慶供養までを回想した日記。後鳥羽院を聖主として描く。

*南殿——内裏の正殿、紫宸殿《ししんでん》のこと。朝賀《ちょうが》や節会《せちえ》などの儀式や公事《くじ》が行われ、天皇が政務を執るところ。桜は南階の下、東方に植えてある。

*今日のみと…——今日だけで春は終わるのだと思わない時でさえも、立ち去り難い花の陰だ。まして今日は春の終わりなので立ち去り難い、の意。

02

岩田川谷の雲間《くもま》にむらぎえてとどむる駒の声もほのかに

【出典】「正治初度百首」羇旅五首、後鳥羽院御集・八二 第四句「とどむる駒も」

岩田川の流れは、谷にわく雲の間に見え隠れしながら消えていく。徒歩で渡るためにとどめてきた馬のいななく声も、消えんばかりにほのかに聞こえていて。

帝の位を譲《ゆず》って上皇となった後鳥羽院の活動や信仰のなかで大きな位置を占めることがらに、熊野御幸《くまのごこう》がある。院は譲位した建久《けんきゅう》九年（一一九八）から承久《じょうきゅう》の乱までの二十四年間に、熊野社＊の加護《かご》を期待して、険《けわ》しい道のりを少なくとも二十八回も踏みしめたのである。

ところで、この歌は熊野の地をよみながら、実は熊野御幸の折の歌ではない。正治二年（一二〇〇）八月に自身が主催した『正治初度百首《＊しょうじしょどひゃくしゅ》』の羇旅歌《きりょか》五

＊熊野社─熊野は古来修験道の修行の地であり、本宮、新宮、那智の三社がそれぞれの祭神を祀っていたが、やがて本地垂迹《すいじゃく》思想により、本宮は阿弥陀如来、新

首中の一首なのだ。後鳥羽院は同百首の羇旅歌を、それ以前の二度の熊野御幸での体験をもとによんでいるのである。その五首をあわせて読んでみよう。

　これまでも旅の寝覚《ねざめ》はあはれなり賤《しづ》が拝《をが》みもこころごころに
　岩田川谷の雲間《くもま》にむらぎえてとどむる駒の声もほのかに
　はるばるとさかしき峰を分け過ぎて音無川《おとなしがは》を今日《けふ》見つるかな
　何となく名残《なごり》ぞ惜しき梛《なぎ》の葉やかざしていづる明け方の空
　平松《ひらまつ》はまだ雲深く立ちにけり明けゆく鐘は難波《なには》わたりに

泊まった宿近くの王子社*に人々が思い思い祈りを捧《ささ》げる様子を、旅路での寝《ね》覚《ざ》めにしみじみと見ている一首め、岩田川の景とほのかに聞こえる馬のいななきをよむこの歌、険しい道のりを歩み続け本宮《ほんぐう》そばを流れる音無川を見たことで本宮に近づいたことを実感する三首め、那智《なち》を去る名残惜しさを梛の葉をかざす行為で示す四首め、帰路の難波で響き渡る鐘の音を聞く五首めと、熊野での旅の感慨を、御幸の行路に従った構成でよんでいる。在位中はままならなかった「旅」という行為そのものへの喜びが、旅路で自身が見たり聞いたりした光景や、そこで受けた情動を「あはれなり」「名残ぞ惜しき」とよむことでそのまま伝わってくる五首だ。

宮は薬師如来、那智は千手《せんじゅ》観音《かんのん》と言われ、熊野三所権現と称された。やがて、平安時代後期に盛んになった浄土信仰から、熊野の地は浄土と見なされるようになり、上皇や貴族を中心に熊野詣がさかんになった。

＊正治初度百首―後鳥羽院が詠進させた百首歌。院自身をはじめ、定家、家隆ら二十三名が作者となる。院が定家の詠歌に邂逅した催し。

＊王子社―熊野の参詣路には「～王子」と呼ばれる末社が処々にあり、九十九《つくも》王子と総称された。

なかでもこの岩田川の歌は、すぐれた歌である。足を岩田川に浸《ひた》しながらふと見やると、川は谷あいにかかる雲の彼方に見え隠れしながら流れ、遠くからはほのかに馬のいななきが響く……。広がる光景を目と耳で際《きわ》やかに切り取りながら空間の広がりも感じさせ、さらに全体に紗《しゃ》をかけたような余情がある。印象的な一首だ。岩田川は、今の和歌山県と奈良県との境に源を発する富田《とんだ》川の中流である。後世《こうせい》だが『*平家物語』に、一度でも渡ると罪障《ざいしょう》が消えると言われた川で、たとえ上皇であっても徒歩で渡らなければならなかった。建仁《けんにん》元年（一二〇一）十月の後鳥羽院の熊野御幸の供をした藤原定家《ていか》は、川を渡るのに、深い所は水が股《また》に及んで大変だったことなどを『熊野御幸記』の中に書き記している。

　この岩田川は、さほど歌に詠まれる地ではない。はやく、十世紀後半ごろ成立の『*古今和歌六帖《こきんわかろくじょう》』の一首に序詞《じょことば》の一部としてよまれるほか、熊野に修行した*花山院《かざんいん》や西行に一首ずつよまれるくらいで、平安後期成立の名所歌《めいしょうた》枕《まくら》を挙《あ》げる歌学書にもその名は見えない。ところが、この岩田川をこぞって歌人たちがよむ、ということが起きる。後鳥羽院がこの一首をよんだ後の御幸のことだ。院自身が岩田川をよんだのはこの一首だけで、その後御幸の途《と》

*平家物語―平家一門の栄華と没落、滅亡を、無常観を基調に描いた軍記物語。作者・成立年とも未詳。

*古今和歌六帖―十世紀末に成立した私撰集。『万葉集』から『後撰集』時代の和歌四千五百首余を主題別に分類して掲げ作歌手引としたもの。

*花山院―第六十五代天皇（九六八―一〇〇八）。冷泉天皇皇子。和歌を好み『拾遺集』の撰進に関与した。

次に催《じ》された和歌会でも、残された歌の限りでは見あたらない。しかし、『正治初度百首』の三ヶ月後におこなわれた正治二年十二月の御幸の折に岩田川近くの滝尻《たきじり》王子で催された和歌会には、供の歌人たちの岩田川をよんだ歌が多く見えるのである。これはもちろん、彼らが、岩田川を渡った直後の王子社の和歌会で「河」*を含む題をよむよう指示されたのに応じ、すぐ前に実際通った地を歌によんだということなのだろう。ただ、それが後鳥羽院が「岩田川」詠《えい》をよんだ後の歌であることには気をつけたい。

院の『正治初度百首』は、主催者のはじめての百首として参加歌人には相当注目されたはずだ。その羇旅五首全てに熊野の旅がよまれていたことは印象的だったろうし、なかでも「岩田川」詠は、それまでの序詞の一部や信仰の地としてだけの岩田川詠とは一線を画したすぐれた叙景歌として、歌人たちの記憶に残っただろう。そしてその記憶は、実際に川を渡った彼らに、それ相応《そうおう》の感慨を呼び起こしただろう。

熊野御幸の供をした歌人たちが当地での和歌会でこぞって岩田川をよんだ、その背景にはきっと後鳥羽院のこの一首の記憶がある。

＊「河」を含む題—「山河水鳥」。

03

冬くれば淋《さび》しさとしもなけれども煙《けぶり》を絶《た》たぬ小野の夕暮《ゆふぐれ》

【出典】正治二年十二月「熊野懐紙」

冬が来ると、人の訪れもなくなり草も枯れてしまう山里は淋しいものだ。その淋しさのせいで煙を絶やさないというのではないのだろうが、炭焼きの煙を絶やさない小野の里の夕暮れであるよ。

【詞書】暮炭竈

【語釈】○小野—山城国の歌枕。今の京都市左京区上高野から八瀬《やせ》大原にかけての野で、雪深い隠棲の地。炭焼の煙が有名であった。

正治二年（一二〇〇）十二月、譲位後三度めになる院の熊野御幸《ごこう》の折の一首である。この時の旅の途次で詠まれた歌人たちの歌が現在「熊野懐紙《*くまのかいし》」と称される懐紙で伝存しているが、その「熊野懐紙」の院の歌。

題の「暮ノ炭竈《すみがま》」から炭焼の煙の立つ京郊外の小野の地を連想し、冬であったことから和泉式部の「淋*しさに煙《けぶり》をだにも断《た》じとて柴《しば》折りくぶる冬の山里」という歌を想起してよんだのだろう。山里といえば、源宗于《むねゆき》の「山里*

＊熊野懐紙—正治二年御幸時の懐紙や翌建仁元年時の懐

は冬ぞ淋しさ勝《まさ》りける人目も草もかれぬと思へば」を引くまでもなく淋しいもの。が、院はそれを「淋しさとしもなけれども」とやや屈折した言い方で、煙を絶やさないのは炭焼のためであって淋しさのせいではないとするのだ。しかし、そうは言いながらもやはり淋しさは募《つの》る。この歌はそんな矛盾をポイントとしてよんだ歌であり、まだ若い院の気概《きがい》が伝わってくる。

ところでこの歌、現在熊野にいるのに遠く離れた京都郊外の小野をよんでいるのが注目される。題詠《だいえい》だから何をよんでもいいと言えばいいのだが、御幸途次の当座歌会での現地詠ということになればどうだろうか。実際、同行していた寂蓮《じゃくれん》法師はこの題で「峰遠く立ちすさみたる煙《けぶり》かな家路《いへぢ》や思ふ真《ま》木《き》の炭焼」と、道中目にした熊野の様子と見える景をよんでいる。

しかし、和歌に興味を持ってまもなくの、しかも題詠中心の歌を学んでいる院は、「炭竈」といえば歌枕の「小野」だという知識が先に立ち、熊野の王子社での歌会《うたかい》ということは念頭から消えてしまっていたのではあるまいか。ちょっと意地悪く言えば、後鳥羽院は熊野であることを平気で消し去ってしまったのである。言うならば、一種頭でっかちの歌だとも言えるのだが、まさにそこに王者としての自由さがあったのかもしれない。

紙が三十六葉と三首懐紙の断簡五点の現存が報告されている。当時の歌人の自筆を伝える資料として貴重で、多くが国宝に指定されている。

＊淋しさに煙をだにも……『後拾遺集』冬に載る和泉式部の歌。

＊山里は冬ぞ淋しさ……『百人一首』にも採られた宗于の代表歌。『古今集』冬に載る。「かれぬ」に、人目が「離《か》れる」と草が「枯れる」が掛かっている。

04

見るままに山風《やまかぜ》荒くしぐるめり都も今や夜寒《よさむ》なるらむ

【出典】新古今和歌集・羇旅・九八九

みるみる間《ま》に山風が激しくなり、時雨《しぐれ》が降ったりやんだりしているようだ。都でも今頃は夜寒になっていることだろうよ。

【詞書】熊野に参り侍りしに、旅の心を

これは、いつの熊野御幸でよんだ歌か明らかではない。が、「熊野懐紙」の残る正治二年・建仁元年の御幸は、院にとって『新古今集』撰集を祈念する特別なものだった可能性があり、その折*の詠《えい》かもしれない。

この歌、初句《しょく》の「見るままに」から視覚判断の助動詞「めり」によって三句切《ぎれ》になる上句《かみのく》では、まさに熊野の地にあって目の前のさまをよむが、下句《しものく》では「らむ」という推量の助動詞を末尾に据《す》え、熊野がこんな天気であれ

*その折―両年のうち「時雨」の降る初冬の時期の御幸は建仁元年なので、あるいはその時かもしれない。

ば、都でも今ごろ夜は肌寒くなっているだろうと思いやる気持ちをよむ。眼前の景からわいてきた実感が素直によまれた、旅路ならではの詠でもあり、上句から下句への展開の妙が連歌《れんが》の付合《つけあい》に似て、巧みな一首でもある。

　これは、具体的には都に残る親しい人々を思いやった歌だろう。ところが、下句を「都の民どものさぞ寒からむと思ひやり給ふ」と解釈した*古注《こちゅう》のように、祈りの旅路にある*治天《ちてん》の君が都の人民の寒さを思いやる*理世撫民《りせいぶみん》の一首とも読めるのが、この歌の特徴でもある。それはおそらく、「都」という抽象的な語を用いていること、上下句の離れ具合によって、誰かのつぶやきに院が答えた連歌のように読め、人民を思いやる徳の高い帝王の歌という雰囲気が生まれること、そして、この歌が『新古今集』羇旅《きりょ》歌の*巻軸《かんじく》に置かれたことによるのだろう。羇旅歌の巻頭は元明《げんめい》天皇の遷都《せんと》時の歌である。巻頭・巻軸に古代の帝王と今の治天の君の歌を置くことで、さまざまな人が旅をする土地も、旅歌によまれる名所も、変わらずに帝《みかど》の治める国土なのだというイメージが生じる。そしてこの歌も治天の君の恩愛の情があまねく都の民に注がれていると読めてくるのである。後鳥羽院はそれを狙って、巻軸に置いたのかもしれない。

*古注のように―『自讃歌注』という室町時代の注釈書の見方。この歌は、新古今時代を代表する歌人十七名の歌を各十首ずつ、総計百七十首を集めた編者未詳（後鳥羽院撰という説もある）の詞華集『自讃歌』に後鳥羽院の一首として収められている。
*治天の君―院政において、実権を握って政務をおこなった上皇のこと。
*理世撫民―世を治め民をいたわる帝王の政治をいう。
*巻軸―巻頭に対してその巻の末尾を指す。

05

岩にむす苔《こけ》踏みならすみ熊野の山のかひある行末《ゆくすゑ》もがな

【出典】新古今和歌集・神祇・一九〇七

熊野の山の峡《かい》を見ながら、岩に生えている苔を踏み馴らすほど通《かよ》った。その甲斐あって、世の中の行く末《すえ》が良くなってほしいものだ。

【詞書】熊野に参りてたてまつり侍りし

【語釈】○み熊野―「み」は美称。○かひ―「甲斐」に「狭《かい》」を掛ける。

『新古今集』巻十九の神祇《じんぎ》歌には、熊野権現の神詠《しんえい》が二首、さらに、熊野をよむ歌六首が入集《にっしゅう》する。そのうち三首が、この歌を含む後鳥羽院の歌である。この歌の次に、新宮に参詣するときに熊野川でよんだ、

熊野川くだす早瀬の水馴《みな》れ棹《ざを》さすが見なれぬ波のかよひ路

があり、その二首あとに、建永《けんえい》元年（一二〇六）十二月の遷宮《せんぐう》時に参詣し、

ちぎりあれば嬉しきかかる折に逢ひぬ忘るな神も行末の空

とよんだ歌が入っている。いずれも、熱心に通い続けていることを訴え、熊野への篤《あつ》い信仰心をよんで加護《かご》を期待する歌だ。初めにこの三首を見、最後に承久《じょうきゅう》の乱後の熊野の歌を読んで、その信仰心の行方《ゆくえ》をたしかめよう。

まず「岩にむす」から見てみる。一首は『古今集』の*躬恒《みつね》の歌を本歌《ほんか》とし、山の稜線《りょうせん》の重なっているところを意味する「峡《かひ》」に「甲斐」を掛け、熊野詣《もうで》の甲斐があって権現の加護により理想的な将来となることを期待する歌だが、出色《しゅっしょく》なのはその「峡」を引き出すようによまれる上句だろう。ここには、鬱蒼《うっそう》とした椎林の中を通る細い路やよじ登るような急峻《きゅうしゅん》な坂がある*熊野路を、その信仰心から何度も踏みしめる後鳥羽院の様子が、「むす」「踏みならす」と脚韻《きゃくいん》を踏んだ表現でリズムよく、また岩にむした苔を踏み馴らすという内容で見事にあらわされている。

続く「熊野川」の詠は、「くまの」「くだす」、「水馴《みな》れ」「見《み》なれ」と同音の繰り返しによって、流れの速い*熊野川をテンポよく下る舟が目に浮かぶような歌である。早瀬に*水馴れ棹を「さす」様子を序として「さすが」に掛け、下句を導くこの歌は、「*大井川下す筏の水馴れ棹見なれぬ人も恋しかりけり」が本歌なのだが、本歌の「見なれぬ」が〈見なれない〉、つまり「ぬ」

＊躬恒の歌―「わびしらに猿《ましら》ななきそあしひきの山のかひある今日にやはあらぬ」(古今集・雑体・誹諧歌)。

＊熊野路―建仁元年の御幸に供をした藤原定家が記した『熊野御幸記』には、その困難な道の様子が語られる。

＊熊野川―十津川の下流、新宮川ともいう。本宮から新宮へ参詣する際に舟で半日ほど下る。

＊水馴れ棹―水になじみ古びた舟の棹。

＊大井川……―『拾遺集』恋一・読人《よみびと》しらず。

が打消の助動詞の連体形であるのに対し、院の歌には本歌同様〈見なれない〉とする説と、〈見なれた〉、つまり「ぬ」を完了の助動詞の終止形と見る説とが並立している。「見なれぬ」とよまれる歌のほとんどは「ぬ」を打ち消しで用いているのだが、ここでは両方と取ってみるのもおもしろいかもしれない。後鳥羽院はさすがに通《かよ》い馴《な》れたと自負し、珍しい波路も見なれたと思ってみるけれど、一方で、いや、でもさすが熊野川、何度通っても見なれない新鮮な景色だとも思っている、という考え方だ。助動詞の意味を両様に取るのは難しいかも知れないが、院ならそういった態度を取りそうな気もする。

「ちぎりあれば」は、元久《げんきゅう》三年二月二十八日に熊野本宮が炎上し、遷宮《せんぐう》のなった同年十二月の御幸時の歌。その三月には、政治面でも勅撰集撰集でも後鳥羽院を支えていた摂政太政大臣《せっしょうだいじょうだいじん》藤原良経《ふじわらのよしつね》が頓死《とんし》する凶事にも見舞われ、熊野本宮の炎上は良経急死の予兆だったとも言われた（源家長日記）。院にとっては、本宮が焼失した年内に遷宮がなって御幸できたことをせめてもの吉事《きちじ》とし、「嬉しきかかる折に逢ひぬ」と言祝《ことほ》ぐことで災いを祓《はら》いたい、さらには、そのような奇《く》しき縁があることを「忘るな」と念を押すことで加護を期待し、転じて将来への希望としようとしたのだろう。
年に一度以上の御幸と熊野をよむ和歌とで院が示してきた篤《あつ》い信仰心の内実は、勅撰集撰集まではその撰集成功の祈念《きねん》であったし、その後は治世の平安や自身の企図したこと——鎌倉幕府に対して朝廷の優位を示すこと——の実現への祈念だったろう。しかし、この篤い信仰心は、結局、承久《じょうきゅう》三年（一二二一）に院みずからがおこした承久の乱によって打ち砕かれることとなる。

かはらじと頼みしものをあしひきの山の南の松風の声

これは、後鳥羽院が乱後隠岐《おき》に配流《はいる》されてから十年以上経った、嘉禎《かてい》元年（一二三五）ころに成立した「詠五百首和歌」中の一首。この作品には長年頼みに思ってきた神々への祈りがむなしかったことをよむ歌が十首入集する。そのなかで「山の南」とよまれる熊野への失望感をよんだのがこの歌である。自分に対する加護は変わるまいと信じて疑わなかったのに、*烈《はげ》しく吹き下ろす松風のように非情にしか応《こた》えてくれなかった、という悲痛の思いが、「ものを」という逆接で一端句切《くぎ》れるところにこもっている。二十八度も通って自身の信仰心の深さを示し続けたにもかかわらず、熊野の神々は後鳥羽院の祈りには二度と応えてはくれなかったのだ。

*烈しく吹き下ろす松風―熊野を「山の南」とよみ「松風」をよむ歌「世をそむく山の南の松風に苔の衣や夜寒なるらん」（新古今集・雑中・安法法師）をふまえているため、その松風が烈しく辛いものであることがわかる。

06

駒並《な》めて打出《うちいで》の浜を見わたせば朝日にさわぐ志賀《しが》の浦波《うらなみ》

【出典】新後拾遺和歌集・羈旅・八七二、後鳥羽院御集・正治二年十一月八日影供歌合・朝遠望・一五一二

馬を並べ連《つら》ねて打出の浜へ出、あたりを見わたすと、目に映るのは朝日が乱反射して、ざわざわと乱れ動く志賀の浦波であるよ。

雄大かつ躍動的な歌である。都から近江《おうみ》に遠乗りに行ったのだろうか、ふっと視界が開け眼前には浜辺が広がる。並べて歩ませていた馬も躍り出るように浜へと駆《か》け出して行く。その馬に乗ったまま遠く琵琶湖の水面を眺めると、朝日に照らされた波がざわざわと音を立て、きらきらと乱反射しながら輝いている……。決してのどかな朝の遠景ではない。何かが起こるような雰囲気も感じられるような一首である。

【語釈】○打出の浜―打出の浜は「うちで」とも「うちいで」ともよむが、後鳥羽院の歌は動詞「うちいづ」と掛けているので「うちいで」と取りたい。御集も「うちいで」とひらがなで表記する。ただし、『新後拾遺集』は「うちで」と表記してい

「打出の浜」は『拾遺集《しゅうい》』*にもよまれる近江国の歌枕で、今の大津市膳所《ぜぜ》の琵琶湖岸にあたる。この歌では「打出の浜」と、開《ひら》けた所に出る、勢いよく出る意の動詞「打ち出づ」とが掛詞になっている。が、何よりも一首に特徴的なのは「朝日にさわぐ」という表現だろう。「さわぐ」は、ざわざわという擬声語をもとにする語で、風や波が音を立てその音にあわせて何かが動く様子をいうが、「淵瀬《ふちせ》に」「港に」「草葉に」などの場所、あるいは「羽風《はかぜ》に」「嵐に」といった原因を「〜にさわぐ」とよむのが一般的である。しかし、院は場所でも原因でもなく「朝日に」とよむ。この歌の斬新《ざんしん》さはそこにある。ざわざわという波音とともに湖面に立つさざ波は、朝日の光を受けてきらきらと乱れ輝く。それを「さわぐ」とよんだのだ。

これは、近臣の源《みなもとのみちちか》通親邸でおこなわれた影供《えいぐ》歌合*でよんだ歌である。二十一歳の院は、「正治初度百首」の催しを八月に終え、歌人達を率《ひき》いての熊野御幸を間近に控え、いよいよ和歌活動にのめり込みはじめたところだった。駒を並べて共に浜へ出て行くのは、自分の和歌への熱い思いに応《こた》えてくれる仲間たちの理想の姿かもしれない。その熱意、気迫があらわれているような一首である。

＊『拾遺集』にもよまれる—「近江《あふみ》なる打出《うちで》の浜のうちいでつつ恨みやせまし人の心を」（恋五・読人しらず）。

＊影供歌合—柿本人麿の画像を掛け、和歌や供物を捧げ、和歌の上達を願う「柿本影供」（11参照）と歌合を合体させたかたちの催しで、源通親邸でおこなわれたのが最初。やがて、後鳥羽院の御所でもおこなうようになり、『新古今集』撰集期の和歌行事の一つとなった。

07

万代《よろづよ》と御裳濯河《みもすそがは》の春の朝《あした》波に重ねて立つ霞かな

【出典】後鳥羽院御集、千五百番歌合・四七一

いつまでも変わらず永久に続くと見える御裳濯川の春の朝には、川波の立つのに重ねて霞が立っている。

後鳥羽院が正治二年（一二〇〇）に立て続けに催した二度の応制《おうせい》百首に続く、三度目の応制百首での歌である。趣向を凝らしたのだろうか、院を含めて三十人の歌人に出詠させ、これを千五百番の歌合《うたあわせ》形式に結番し、これまた院も含めた十人の判者《はんじゃ》に判をさせるという形式を取った。史上最大規模の歌合で、実際に人が集ったわけではなく、机上での歌合なのだが、付判《ふはん》の遅れなどがあり、成立は建仁三年（一二〇三）ころまでずれ込んだらしい。

＊応制百首―天皇・上皇の命に従って詠進する百首歌のこと。ここでは、『正治初度百首』『同後度百首』をさす。

07歌はその「千五百番歌合」の「祝五首《いはひ》」中の一首。伊勢の内宮《ないくう》を流れる御裳濯川《みもすそがわ》の春の景を、ゆったりとした口調の上の句と、波と霞が共に立つ様子を歯切れの良いア音で始まる語でリズムよくよんだ下句との対照に特徴のある歌である。後鳥羽院が生涯でもっとも好んだモチーフである春霞がよまれているのもポイントだ。が、実はこの「祝五首」はまとめて見ないと、その意図や本当のおもしろさが伝わってこないのである。

万代《よろづよ》と御裳濯河《みもすそがは》の春の朝《あした》波に重ねて立つ霞かな
万代と御手洗川《みたらしがは》の夏の夜《よ》に秋ともすめる山の端《は》の月
万代と三笠《みかさ》の山の秋風にのどかに峰の月ぞすみける
万代と御津《みつ》の浜風浦《うら》さえてのどけき波にこほりゐにけり
万代とみ熊野《くまの》の浦の浜木綿《はまゆふ》の重ねてもなほ尽きせざるべし

ぱっと見てすぐにわかるように、すべて初句が「万代と」で始まっている。さらに、それに続くのはすべて「み」で始まる地名。「万代と見」る意を掛けるためだ。また、その地名は伊勢、賀茂《かも》、春日《かすが》、日吉《ひえ》、熊野と、後鳥羽院が加護を頼む神々の社《やしろ》のある地を代表する山や川、浦である。また、一首めから順に春・夏・秋・冬の季節でそれぞれの地ののどかな景色をよみ、最後は四季を超えた悠久《ゆうきゅう》の時を、熊野の景物である「浜木綿」の花びらの重なりをイメージしながらよむ歌となっている。まさに、自らの治世をことほぎ、その永遠なることを祈る祝の歌にふさわしい五首なのである。

これは、百首歌という、四季や恋、雑《ぞう》、祝などをまとめて詠出する形式だからこそできた趣向だが、だからと言って誰もがするものでもない。相当アイディア豊富な人でなければ思いつかないだろう。この五首は、歌合ではそれぞれ源 通具《みなもとのみちとも》、藤原家隆《いえたか》、藤原雅経《まさつね》、寂蓮《じゃくれん》、源家長《いえなが》と合わせられ、判者源師光《もろみつ》入道（生蓮《しょうれん》）は五首ともに勝を与えた。師光も当然気がつき、五首めの判で、初句、「見」と「み～」の地名との掛詞、四季詠の趣向を称賛し*ている。

後鳥羽院は、自ら企画を立て、あっと驚くようなアイディアを思いついて実行するのが大好きで、和歌の催しにもそれが反映している。たとえば「千五百番歌合」のおこなわれた建仁元年から翌年春に限っても、以下のようなものがある。二月におこなわれた「当座十首和歌」は「和歌試」と呼ばれ、後鳥羽院の近習の人々の中から、以後の院歌壇の中核メンバーとなる歌人を選抜する試験のような催しだった。同月の「老若《ろうにゃく》五十首」は、五十首を近

＊称賛している—師光の評に「五首歌を併《あは》せ、初五文字《はじめいつもじ》によろづ代とおきて、やがて見るよしの様《やう》をかへて、四季に侍るこそ興ありてをかしくおぼえ侍れ」とある。

臣十名に詠進《えいしん》させ、計二百五十番の歌合に仕立てたもので、左方を老人、右方を若者グループと左右を年齢で分ける斬新な試み。さらに、勅撰和歌集を撰集するために『後撰《ごせん》集』以来の「*和歌所《わかどころ》」という組織を作り、自らもその一員として積極的に撰集に関与する。八月にはその場で歌人たちに歌を詠ませ、歌を上品上《じょうほんのじょう》から下品下《げほんのげ》までの九段階にランク付けする「和歌九品《くほん》」と称する試みをおこなう。また二年三月には、春・夏の歌は「太く大《おほ》きに」、秋・冬の歌は「からび細く」、恋・旅の歌は「ことに艶《えん》に」と風体《ふうてい》を詠み分ける「三体《さんたい》和歌」の催しをおこない、歌人たちを困らせている。他人を巻き込んでもこのくらい趣向を凝らすのであるから、自らの百首歌にも工夫を凝らすのは当然だろう。

しかし、こうした趣向は単なる思いつきではない。すべて、よい和歌とはどんなものなのかを知ってよりよい和歌をよむため、よい勅撰集を作るための探究心からであり、自らよむ和歌によって治世と和歌の繁栄と勅撰集の完成を祈願するためだったのだ。和歌に目覚め、自らの勅撰集を持とうと思い定めてからの後鳥羽院のおこなうことは、すべてそれに向かっていると言っても過言ではない。

*和歌所―勅撰和歌集を撰集するために、建仁元年七月、御所の二条殿に設けられた事務機関。寄人《よりうど》に任命された歌人が日夜集って『新古今集』の撰集に励んだ。勅撰集の撰集下命は同年十一月。

08

思ひつつ経《へ》にける年のかひやなきただあらましの夕暮《ゆふぐれ》の空

【出典】新古今和歌集・恋一・一〇三三、後鳥羽院御集・一五八八

あの人を想いながら過ごしてきた長年の甲斐はないのだろうか。ただあの人との逢瀬《おうせ》があったら、と期待しながらも、また叶《かな》いそうにない今日の夕暮れの空よ。

【詞書】水無瀬にて、をのこども、久恋といふことをよみ侍りしに

建仁二年（一二〇二）六月、後鳥羽院は自身の離宮の一つである水無瀬殿《みなせどの》に御幸した折、藤原定家《ていか》と二人で六番からなる歌合「水無瀬釣殿当座歌合《つりどのとうざ》」をおこなった。これはその最後に置かれた歌で、題は「久しき恋」。「思ひつつ経にける年をしるべにてなれぬるものは心なりけり」（後撰集《ごせん》・恋六・読人《よみびと》しらず）が本歌である。この一首、本歌と同じ恋の歌で、しかも同じ箇所に同じ表現を置いており、本歌取《ほんかど》りとしてはやや安直な歌と言えるかもしれない。*

＊同じ表現を置いている―江戸時代の注釈書『尾張の家《いえ》苞《づと》』は「この古歌と初二句は全くおなじけれど、その同じきはたまたま」で「本

しかし、この歌はその安直さを補《おぎな》ってあまりある魅力を持っている。それは、下句「ただあらましの夕暮の空」からにじみ出る感情と情景の奥行きの深さである。本歌は、恋が実らないまま年が過ぎていって、結局馴染《なじ》んだのはあなたにではなく、あなたを恋し続けるという気持ちにだったと悟《さと》ったとよむが、一方、院の歌には、甲斐がなくてもまだ、長年心に秘めてきた恋の思いは断ち切れない、むしろいつか……、という思いがにじんでいる。「*ただあらましの」の語は、ただただこうなってくれさえすればいいのに、という切実な願いと、それは今日もきっと叶わないだろう、という半ば諦めの気持ちの入りまじった感情をよくあらわしている。そんなやるせない思いを抱いて見上げた先に広がるのは、恋人たちの逢瀬の時を告げる夕暮れの空……。「夕暮の空」と体言止《たいげんど》めにすることで、そうした募《つの》る恋しさと諦めとが交錯《こうさく》し、果てしなく広がっていく感がうまく表されている。院もこの歌は自分で気に入ったらしく、歌合の折、自分で付けた判で唯一、勝*としている。

この歌は未練と諦念《ていねん》との入りまじった恋の終わりの段階の歌のようにも見えるが、『新古今集』で恋一という恋の初めをよむ部立《ぶだて》にこの歌が入集するのは、逢瀬を期待しながら夕暮れの空を見上げるという表現に、恋の成就《じょうじゅ》

歌をとりし歌にはあらず」とするが、ここまで同じであれば本歌であろう。

*ただあらましの―この語は、後に藤原為家の歌論書『詠歌一躰《えいがのいってい》』において、詠歌への模倣が禁じられた「制詞《せいのことば》」の一つとされる。

*勝―この番《つがい》での定家の歌は「幾世へぬ袖ふる山の瑞垣《みづがき》にこえぬ思ひのしめをかけつつ」だった。

を期待する気持ちや今後の展開を感じ取ってのことだろう。

ところで、後鳥羽院はこの歌をよんだ水無瀬殿を、承久の乱後隠岐《おき》に配流《はいる》されるときも、また同地で亡くなるときも、最後まで深く愛し執《しゅう》してやまなかった。それは、ここが数ある離宮の中でも院にとって特別だったからだろう。鳥羽殿など代々の離宮と違って、水無瀬殿はもとは院の近臣＊源《みなもとのみちちか》通親、の別荘だったのを譲位後、自身の離宮としたもので、院にとってはいわば自分で手に入れた離宮だからだ。通親の別荘だった折にも、鳥羽殿滞在のついでに立ち寄っては闘鶏や競馬、管絃などを催したが、離宮とした後は、滞在のたびに遊女を参入させての種々の御遊《ぎょゆう》（今様、郢曲《えいきょく》、白拍子《しらびょうし》、乱舞《らっぷ》、猿楽など）、囲碁・将棋、狩猟、蹴鞠《けまり》、馬乗り、舟遊び、水練などを楽しむ、いわば院の私的空間となっていた。

おもしろいのは、水無瀬に御幸をする際には後鳥羽院をはじめ皆がカジュアルな水干《すいかん》装束（殿上人の平常着）で行き、御所では身分ではなく院との親《しん》疎《そ》によって座る場所が決まるなど（明月記《めいげつき》）、ここでは独特のルールがあったことだ。これは院自らが、水無瀬では都での身分差を取り払い、等しく仲間として自由な雰囲気で過ごすことを目指したからである。水無瀬では、院

＊院の近臣源通親―通親は、後鳥羽天皇の乳母《めのと》藤原範子と結婚、範子が前夫との間にもうけた娘在子（承明門院）を養女として後鳥羽のもとに入内させる。その皇子は土御門天皇となった。建久七年の政変後、後鳥羽院政下で権力を握っていた。

の抱く仲間意識がものさしであり論理なのだ。その論理は、実はこの歌合の成立過程にも影響しているようである。

この歌合は水無瀬で定家と二人でおこなったものと書いたが、正しくはそうではない。この折、折悪《おりあ》しく大雨が降り続き、水無瀬川が氾濫《はんらん》、川沿いの御所も浸水し、*還御《かんぎょ》が延期になるアクシデントが起きてしまう。供の定家が歌を召されたのは、その大雨の最中だった。院は定家にいきなり六首の題を与えてすぐに詠進させ、後日、同題でよんだものを定家に見せ、帰京後に自ら判《はん》をつけて歌合の形にしたのだ。定家にしてみれば、突然よまされたものが歌合に、しかも院と二人だけの歌合となるとは思ってもいなかったろう。しかし、院は、はじめから勅撰集撰者の中心メンバーである定家と個人的に強い仲間意識を培《つちか》おうとしていたのだろう。当初は通親も呼んでいたようで、はじめから二人で番《つが》えようと思っていたかは不明だが、歌合にして定家に賜《たまわ》ったこと、自分は「左馬頭親定《さまのかみちかさだ》」という臣下の名でよみ、対等な立場を装《よそお》っていること、*自詠《じえい》の勝ちを一首だけにしたことからは、院のそうした意識がよく伝わってくるのである。

*還御―都に上皇が帰ること。

*自詠の勝ち―この「思ひつつ」詠のみが勝ち、あとは定家が勝三、持《じ》(引分け)二であった。

09

里は荒れぬ尾上《をのへ》の宮のおのづから待ちこし宵《よひ》も昔なりけり

【出典】新古今和歌集・恋四・一三一三、後鳥羽院御集・一六〇三

旧都となって里は荒れてしまった。高円《たかまど》の尾上の宮で一人、もしやあの方の訪れがあるのではないかと待ってきた宵も、もはや昔のことになってしまったよ。

同じ建仁二年の九月十三夜、判者《はんじゃ》の俊成《しゅんぜい》をはじめ、定家以下の諸歌人が水無瀬殿に参集して披講《ひこう》された歌合での詠。院は再び「左馬頭親定《さまのかみちかさだ》」の名で出詠し、十五番中十四番で勝を得、後にこの歌合をもとに作られ、院自身が判をした「若宮撰歌合」でも勝にした自慢の一首である。題は「故郷の恋」。

この歌は『万葉集』の「高円《たかまど》の尾上《をのへ》の宮は荒れぬとも立たたし君の御名《みな》忘れめや」という歌を本歌にし、すでに荒廃してしまった宮で一人さびしく帝

【語釈】○尾上の宮―大和の高円山《たかまどやま》にあった聖武天皇の離宮尾上宮《おのえのみや》。「高円の尾上宮」として歌によくうたわれた。

*定家以下の諸歌人―判者俊成をはじめ、慈円、良経、有家、雅経、通親らが参

の訪れを待ち続けてきた官女《かんじょ》の嘆きをよんでいる。つまり院はその官女の身となってうたっているのだ。

高円山尾上宮をよむ歌は『新古今集』に四首も入るなど、この時期に推進されていた南都復興の気運によって、聖武《しょうむ》天皇の故地として特に意識されたようだ。院自身、この前年に「*高円の尾上の宮は荒れぬとも知らでや一人まつ虫の声」というよく似た歌をよんでいる。ただし、前半を『万葉集』の本歌にすがったこの歌より、「里は荒れぬ」と初句《しょく》にいきなり荒廃した景をよみ、帝の訪れへの期待を宵ごとに抱き続けた官女が、知らぬうちに時の経ったことに気づいて溜息まじりに嘆くさまを、「尾上の宮のおのづから」と「お」の同音反復で導き出す09歌の方がはるかにすぐれているだろう。

なお、この院の歌は、『新古今集』では*寂蓮《じゃくれん》の「*里は荒れぬ空《むな》しき床《とこ》の辺りまで身は慣《なら》はしの秋風ぞ吹く」という歌の次に置かれるが、女の感情や状況に似通ったところがあり、二首続けて読むと、院の歌の官女の独り寝の床には冷たい秋風が吹いていると思えてくる。配列の妙《みょう》である。また寂蓮はこの年七月に没し、院は訃報《ふほう》を水無瀬で聞いた。同地で同じ初句の歌をよみ、『新古今集』に並べて置いたのは、院の寂蓮への哀悼の意もあったのだろう。

加。この他作者として公継、家隆、俊成卿女、宮内卿が歌を寄せている。

*故郷の恋―「故郷」は古京、旧都。

*『万葉集』の―万葉集・巻二十・大原今城真人《いまきのまひと》の歌。

*高円の尾上の宮は…―伊勢神宮に奉納した「外宮《げくう》百首」中の一首。待つ官女の嘆きの代りに松虫が鳴いているさまをよむ。

*寂蓮―俊成猶子。『新古今集』撰者の一人だった。

*里は荒れぬ空しき…―建仁二年五月の影供《えいぐ》歌合に「逢ひて逢はざる恋」の題でよまれた。「手枕《たまくら》のすきまの風も寒かりき身はならはしの物にぞありける」（拾遺集・恋四・読人しらず）が本歌。

10

今日《けふ》だにも庭を盛《さか》りとうつる花消えずはありとも雪かともみよ

【出典】新古今和歌集・春下・一三五

明日ではなく今日でさえもすでに庭一面に散り敷いているこの花びらを送る。消えないで残っている雪だとご覧なさい。

【詞書】ひととせ、しのびて大内《おほうち》の花見にまかりて侍りしに、庭に散りて侍りし花を、硯《すずり》の蓋にいれて、摂政《せつしやう》のもとにつかはし侍りし

時は建仁三年（一二〇三）二月二十四日、定家や雅経《まさつね》、家長ら和歌所の面々は、内裏《だいり》の桜が散らないうちにと、皆で車を仕立てて大内（宮中）に花見に行った。彼らは花見にきた僧侶や女房などでにぎわう中、南殿《なでん》の桜の下で連歌に興じ、歌を詠み、花の名残《なごり》を惜しみつつ、楽《がく》を奏《かな》で楽しいひとときを過ごして帰宅した。

後鳥羽院は夜になってこの話を聞き、誘われなかったのは残念だ、うらや

ましいから明日花見に行くと言って、翌日、急遽《きゅうきょ》大内への御幸をおこなった。すでに落花さかんな時期で、院は行きがけから花がずいぶん残り少なくなったことを残念がりつつ、しきりに落ちる花びらを雪と見立て、『古今集』の僧正遍昭《へんじょう》の詠「天《あま》つ風雲の通ひ路《ぢ》吹きとぢよ乙女《をとめ》の姿しばしとどめむ」をふまえて「天《あま》つ風しばし吹きとぢよ花桜《はなざくら》雪と散りまがふ雲の通ひ路」という歌をよんだりする。これは興《きょう》にまかせてよんだ安直な歌だが、ここですでに散る花びらを雪に見立てていることに注意したい。10歌と同じ発想だからだ。その帰りがけ、御幸の供にいなかった摂政太政大臣藤原良経にあてて、散った花びらを硯《すずり》箱の蓋《ふた》の上にかき集め、それに添えて送ったのがこの歌である。

まず、御幸のきっかけがおもしろい。後鳥羽院は絶対的な力を持つ治天《ちてん》の君で、勅撰集の下命《かめい》者という立場でもある。が、院自身には、自分が統括者であるという自覚だけでなく、和歌所の歌人たちとは共に撰集をおこなっている仲間だという意識もあった。だから、仲間として誘われなくて悔《くや》しがったのである。そして、治天の君だからこそ、思い立ったらすぐ御幸を敢行してしまうのである。矛盾しているが、院にはそれが普通の意識なのだ。

*天つ風雲の通ひ路……――遍昭の代表歌として『百人一首』に採られている歌。

*治天の君――院政において、実権を握って政務をおこなった上皇のこと。

また、「今日だにも」の歌を含む良経とのやりとりもおもしろい。院の歌は在原業平《ありわらのなりひら》の歌「今日来《こ》ずは明日は雪とぞ降りなまし消えずはありとも花と見ましや」（古今集・春上、伊勢物語*一七段）を本歌とし、『金葉集《きんよう》』*の藤原実能《さねよし》の歌によまれた景を重ねて、散った花びらで庭が満開に見える景色をよむ。業平の歌が、今日来なかったら、明日には花は雪とばかりに降って散ってしまっていただろう、雪のように消えないとしても、花に見えただろうかというのに対して、院の歌は、庭いっぱいに散り敷いていた実際の花びらを添えて、「今日来」ぬ人であった良経に、花びらではなくて雪と見よというう。今日の御幸に来てほしかったという思いを、硯箱の蓋の花びらと業平詠をひねってふまえることで、しかも命令調で伝えているのである。そこにはやはり、上に立つ者としての意識と、良経を仲間として見る意識がからみ合って見えている。

良経は、その院に「誘はれぬ*人のためとや残りけむ明日《あす》よりさきの花の白雪」と返歌《へんか》した。まず自分を「誘はれぬ人」とよみ、院からのお誘いがなかったから行けなかった、と拗《す》ねてみせる。そして、でもそんな私のために雪は残っていてくれたのですね、と、花びらをちゃんと雪と見、それを贈って

*伊勢物語―在原業平を思わせる男の一代記を百二十五段の章段で語る平安時代の歌物語。

*『金葉集』の藤原実能の歌―「今朝見《けさ》れば夜半《よは》の嵐に散りはてて庭こそ花のさかりなりけれ」（春上）。

*誘はれぬ……―内裏の花見に誘っていただけなかった私のためと、残っていたのでしょうか、明日より前、つまり今日のこの花の雪は、の意。

くれた院への感謝をにじませている。後鳥羽院はこの返歌にいたく感動した。その後良経が若くして急死することもあってだろうか、この返歌に対する思いは後年も変わらず、『*後鳥羽院御口伝《ごくでん》』では、場に応じて君臣が心を通わせ合い、歌をよみあった関係や状況を含めて、特にこの良経の歌をもちあげている。

ただし、『後鳥羽院御口伝』で良経を激賞したのには裏がある。前日の和歌所の面々の花見でよんだ歌の中に、定家の「*年を経《へ》てみゆきに馴《な》れし花の陰《かげ》ふりゆく身をもあはれとや思ふ」という歌があった。これは南殿《なでん》の桜にむかって、長年昇任せず、左近衛府《さこのえふ》の役人のまま南殿の桜の下に立ちつづけ年老いていく私を、花は気の毒に思ってくれるだろうかと、我が身の不遇を嘆いた歌だった。後鳥羽院はこの歌を*述懐《しゆつかい》の心も「やさしく見え」るし、よまれた状況もすぐれていると激賞する。が、定家自身は気に入らず、『新古今集』に入集《にっしゆう》することにもずっと否定的だった。定家にとっては、座興の場でつい口を衝《つ》いて出たような歌をほめられるのはプライドが許さなかったのだ。後鳥羽院は、場や折にあわせようとしないこんな定家の頑《かたく》なさの対極に、良経の姿を見ていたのである。

＊後鳥羽院御口伝―後鳥羽院著。和歌の初心者に宛てて書いた詠歌の心得と、自身の回想からなる歌論書。執筆時期には、隠岐配流以前と配流後の両説がある。

＊年を経て…―『後鳥羽院御口伝』による。『新古今集』雑上には「春を経てみゆきに馴るる」のかたちで入集。

＊述懐―心中の思いを述べること。和歌では、おもに不遇を嘆く歌をいう。

11

桜咲く遠山鳥《とほやまどり》のしだり尾のながながし日も飽《あ》かぬ色かな

【出典】新古今和歌集・春下・九九、後鳥羽院御集・一六三二

桜が咲いている遠くの山は、山鳥の尾の垂れたのがとても長いように、春の長い一日中ずっと眺めていても飽きない色だなあ。

建仁三年（一二〇三）十一月二十三日、当時の和歌界の重鎮《じゆうちん》、藤原俊成《しゆんぜい》の九十賀《きゆうじゆうのが》を祝う屏風《*びようぶ》歌としてよまれた一首。言うまでもなく「あしひきの山鳥《やまどり》の尾のしだり尾のながながし夜をひとりかも寝む」（拾遺集・恋三・柿本《かきのもとの》人麿《ひとまろ》）を本歌とする。もっともこの歌、『万葉集』では作者未詳なのだが、それは措《お》いておこう。人麿の歌であることがここでは重要だからだ。

柿本人麿は『古今集』仮名序で「歌の聖《ひじり》」と称《たた》えられて以来、歌をよむ者

【詞書】釈阿和歌所にて九十賀し侍りし折、屏風に、山に桜咲きたる所を

【語釈】○遠山鳥―遠くの山の意と山鳥を縮約した語で、遠く離れたところにいる山鳥の意だが、ここでは桜咲く遠い山から「山鳥」

たちの尊崇《そんすう》をあつめていた。特に、元永《げんえい》元年（一一一八）に歌人藤原顕季《あきすえ》によって「人麿影供《ひとまろえいぐ》（柿本影供）」という、*人麿の画像を掲げて和歌や供物《くもつ》を捧げる催しが創始され、やがて後鳥羽院周辺で影供と歌合を合わせた「影供歌合《えいぐうたあわせ》」がおこなわれるようになり、人麿は「歌の聖」から「歌の神」としてますます崇《あが》められるようになった。後鳥羽院のこの歌では、そんな歌神《かしん》人麿の歌をふまえることで、俊成を人麿になぞらえたのである。一首の内容も、穏《おだ》やかな春の一日の景を大きくとらえ、しかも悠然とかまえた歌で、「ながながし」に俊成の長寿も暗示して「あかぬ」でいつまでも長寿であり続けてほしいと願う、言祝《ことほ》ぎの歌にふさわしい。

俊成は、後鳥羽院がもっとも尊敬し、頼りにしていた和歌の道の長老だった。息子の定家ら新鋭歌人たちにも、顕季の子孫の六条藤家《とうけ》の守旧派の歌人にも一目置かれていた俊成が、後鳥羽院歌壇のバランスを保っていたといってもよいだろう。院が和歌所《わかどころ》で催した九十賀の宴は、そんな俊成の功績に対する最大の賛辞と謝意のあらわれであり、この歌を『新古今集』春下の巻頭歌に据《す》えたのは、自身の勅撰集で永く俊成を顕彰《けんしょう》したいという思いがあったからだろう。俊成は翌年十一月、九十一歳の天寿を全《まっと》うした。

に続けるために縮めた言い方になっている。

*屏風歌として―四季各三面、月ごとに描かれた屏風に後鳥羽院ら十一名の作者が歌をよみ、選ばれた歌にあわせて絵師が屏風絵を描いた。なお、この「山に桜咲きたる所」の屏風に選ばれたのは藤原有家の歌だった。

*人麿の画像―『十訓抄《じっきんしょう》』や『古今著聞集《ここんちょもんじゅう》』などに見える話によると、粟田讃岐《あわたさぬき》守《のかみ》藤原兼房《かねふさ》が和歌の上達を願ってつねに心に念じていたところ、夢に人麿が姿を現し、感激した兼房はその姿を絵に描かせ大事にしていた。顕季は、その絵を兼房から献上された白河院より借りて写し、以後その絵を掲げて和歌の上達を祈る影供をはじめたとある。

12

秋の露や袂《たもと》にいたく結《むす》ぶらむ長き夜飽《あ》かず宿《やど》る月かな

【出典】新古今和歌集・秋上・四三三

秋の露が袂にひどく置いているのだろうか。私がひどく泣いているのだろうか。長い夜に、飽きることなく袂に宿っている月よ。

【詞書】秋の歌の中に

元久元年（一二〇四）五月、春日社に奉納した三十首中の一首。『源氏物語』桐壺《きりつぼ》巻の、寵愛《ちょうあい》していた桐壺更衣《きりつぼのこうい》を夏に失って以来深い悲しみに沈む桐壺帝が、野分《のわき》めいた風が吹く秋の夕に、女官のひとり靫負命婦《ゆげいのみょうぶ》を更衣の里に遣《つか》わした場面がこの歌の背景にある。本歌《ほんか》は、更衣の母と語り合った命婦が宮中に帰参する際、宿の草むらで鳴く鈴虫の声に自身の悲しみをこめてよんだ「鈴虫の声の限りを尽くしても長き夜あかずふる涙かな」だが、12歌では、秋の夜長《よなが》、袂に置いた涙の露に月の光を宿して寝もせずにいるのは桐壺帝だ。命婦を遣わした夕暮れどき、桐壺帝は、亡き更衣を思い、物思いにふけっている。そして月の沈むころに命婦が戻ると、帝は更衣の里の様子を命婦に尋ね、荒れ果てたその里や更衣を思い、夜更けまで起きていた。後鳥羽院は、このように語られる桐壺帝の身になってよんでいるのだ。

後鳥羽院は『源氏物語』に精通していた。『増鏡《*ますかがみ》』にはこんな逸話がある。ある夏の日、殿上人《てんじょうびと》らと水無瀬離宮の釣殿《つりどの》で氷水を召し、水飯《すいはん》を食べ酒を飲んでいた院は、それが『源氏物語』常夏《とこなつ》巻、六条院の東の釣殿での光源氏と同様のふるまいであることに気づき、光源氏の目の前で魚を調理したような趣向を凝らせる者がいないか問う。と、随身《*ずいじん》のひとりが『源氏物語』帚木《ははきぎ》巻をふまえた趣向の物を差し出したので、院は大いにほめたという。

院がこんなふうに桐壺帝や光源氏のようにふるまったり歌をよんだりできるのは、物語の知識を持っていただけでなく、帝だった自分がそれにふさわしい立場にあることを十分自覚していたからだろう。というより、歌のなかや水無瀬において、『源氏物語』の帝や光源氏としてまさに生き得る唯一の立場にあったのが、後鳥羽院というべきかもしれない。

＊増鏡―後鳥羽院の生涯から語り起こし、鎌倉時代の朝廷と貴族の歴史、皇室と北条氏の争いを記した歴史物語。虚構も多く含まれるが、後鳥羽院の事績や性格、折々の様子、できごと、心情などが流麗な文章と目に浮かぶような描写で描かれていて、院のことを考えるときには重要な作品である。

＊随身―外出時の警護にあたる近衛府の官人。

13

露は袖《そで》に物思《ものおも》ふころはさぞな置くかならず秋の習《なら》ひならねど

【出典】新古今和歌集・秋下・四七〇

露というものは袖に、物思いにふける頃にはこんなふうに置くのだなあ。露が袖に置くのは、必ずしも秋の習慣というわけではないのだけれど。

【詞書】秋の歌の中に

これも前歌と同じく秋の露の歌だが、やはり露の歌であって露の歌ではない。初句《しょく》によまれる袖の露は涙の暗示である。「散り散らず人もたづねぬ古《ふる》郷《さと》の露けき花に春風ぞ吹く」（新古今集・春上・慈円《じえん》）ともよまれるように、自然現象としての露は必ずしも秋だけに置くものではない。露に暗示される悲しみの涙もだ。けれども、秋という季節ゆえに悲しみの増す、また何ということもなく思い嘆《なげ》くことの多い秋には一層、露も涙もひどく増し、袖は濡れてしまって仕方ない。この歌は言外《げんがい》にそういう心をこめてよんでいる。
後鳥羽院は字余《じあま》りの句が好きであった。帝王は細かいことにこだわらないのだ。この歌も初句から字余りだ。ついでに言えば、二句めも、単独の母音音節が入るので七音節としての許容範囲だが、字数としては字余りである。そして、それによって躊躇《ためら》いつつよむような雰囲気を出しながら、「さぞな」とちょっと口語めいた感動詞で、そのたゆたうようなリズムに変化を付けて三句切れにし、下句《しものく》に「かならず秋の習ひならねど」とよみ、必ずしも〜ではない、と上句で思ったのとは矛盾するようなことを述べている。「な」音の繰り返しもリズミカルで、上の句の屈折ぶりと対照的である。この上下対照の妙によって、連歌の付合《つけあい》にも似た趣を一首に醸し出しているところが、院お気に入りの点かもしれない。
この歌は、前の歌と同じく春日社に奉納した三十首中の秋の歌である。後に成立した『自讃歌《じさんか》』という、新古今時代を代表する歌人十七名の歌をおのおの十首ずつ集めた詞華集《しかしゅう》には、後鳥羽院の自讃歌十首のうちの一首としてこの歌が収められている。

*下句―この下句のよみ方は、同じ『新古今集』秋下にも入集する『正治初度百首』での式子内親王の秀歌「桐《きり》の葉も踏み分けがたくなりにけりかならず人を待つとなけれど」に倣《なら》ったものかもしれない。

*自讃歌―書名の「自讃歌」とは、歌人が自分の詠作のなかでも特に気に入っている歌を意味する。室町時代から江戸時代まで『百人一首』とならぶ和歌の入門書。特に『新古今集』のダイジェストとして広く読まれ、注釈書も連歌師の宗祇や兼載のものなど多く著された。04の脚注参照。

14

何《なに》とまた忘れて過ぐる袖《そで》の上《うへ》にぬれて時雨《しぐれ》のおどろかすらむ

【出典】源家長日記

どうしてまた、悲しみを忘れて過ごしているはずの私の袖の上に、時雨は濡れかかって悲しみを呼び覚まそうとするのか。

愛する人を失ったとき、人はその死をどう乗り越えようとするのだろうか。その方法は人により時代によりさまざまだろう。後鳥羽院の場合、それは自分が最も自分らしくいられる場所で、信頼する相手と歌をよみかわすことだった。

多くの妃《きさき》を持つ後鳥羽院がとりわけ愛した妃の一人に、尾張局《おわりのつぼね》という更*《こう》衣《い》がいた。しかし、元久元年（一二〇四）七月に皇子朝仁を生んだ尾張局は、産後の肥立《ひだ》ちが悪く、その年の十月十八日に亡くなってしまう。

＊更衣―本来は天皇の衣服の着替えを奉仕する女官、後には天皇の御寝所に伺候する女官の称だが、後鳥羽院のころは「女房」と称され

更衣の死について、『源家長日記』はその前後の様子を、『源氏物語』桐壺巻の桐壺帝と桐壺更衣の別れの場面を投影させながら詳細に語っている。尾張局の病が重くなっても退出を許さず長く御所にとどめ、「限りある道にも遅れじ」と、死出の道も一緒にとまで思っていた後鳥羽院にとって、その死の悲しみは相当なものだった。翌日、政《まつりごと》も物憂く思った院は、突如水無瀬殿へと出立してしまう。院はそこで悲嘆に満ちた十首の歌をよんで*前大僧《さきのだいそう》正《じょう》慈円に送り、慈円もそれに答え、真心をこめて慰めた歌十首を院に返した。この歌は、その慈円に送った十首のうちの最後の歌である。

『源家長日記』は、院が、神無月《かんなづき》（十月）のころの「風冷《ひ》ややかにうち吹きて、曇りわびたる時雨《しぐれ》の空」が自然と涙を誘うようだ、と思いつつ水無瀬へ到着したと語る。冷たい風が吹き、一面曇るともなく曇っている時雨の空は、そのまま後鳥羽院の気持ちを投影している。御所に着いても涙にうちしおれる院を訪ねるのは「峰の松風」や「岩間の水」ばかり、いつもは遊女を侍《はべ》らせて舞や今様《いまよう》にうち興じる空間であるはずの水無瀬も、悲しむ後鳥羽院を静かに迎える。すべては後鳥羽院の心情を映しているのだ。その中で院は歌をよみつらねる。慈円に送ったその一首めは、

るのが一般的。おそらく『源家長日記』では、『源氏物語』の桐壺更衣を重ねるために「更衣」と称しているのだろう。尾張局は法眼顕清《けんせい》の女《むすめ》。

＊前大僧正慈円―関白藤原忠通の男。関白兼実の弟で良経の叔父。天台座主《てんだいざす》に生涯四度任じられる。天台学の巨匠、政界にも影響力のある実力者で歌人でもある。後鳥羽院の護持僧だった。当時の歌人たちも親しい人との死別などに遭うと慈円に歌を送っており、院をはじめ当時の歌人たちにとっての精神的支柱であった。

何となくなぐさむやとて来たれども時雨ぞまさる冬の山里

これという理由もなく、気持ちも慰《なぐさ》められるかと思ってここに来たけれども、時雨がますます降っている冬の山里は、かえって私の涙をよりいっそう募《つの》らせてしまった、という歌だった。折《おり》しも降る時雨に悲しみの涙を重ねているが、気をつけたいのは「何となくなぐさむや」という上句である。どうしようもない悲しみを抱えて水無瀬へ来たのは、ここが自分をそのまま受け止めて慰めてくれる場所だと、理屈抜きで院が思ったからなのだ。実際、十首の最後におかれた14歌では、二句めに「忘れて過ぐる」とあるように、水無瀬で過ごすうちに、気づけば悲しみを忘れていたという。といっても結局は、降りやまぬ時雨が袖にかかり、その濡れた袖に募る悲しみを気づかされ、ふたたび嘆きの淵に沈んでいくのだが……。

慈円は院の悲嘆にひたすら寄り添い返歌しているが、この歌には、

おどろかす袖の時雨の夢の世を覚《さ》むる心に思ひあはせよ

と返した。袖に降る時雨が忘れかけた悲しみを呼び覚ましたとのことですが、更衣の死をきっかけに、この世は夢のようにはかなく無常であると、その目覚めたお心に思い当たってください、の意。その悲しみを仏道への機縁

とするように述べ、傷心の院を僧侶の立場から受けとめている。
後鳥羽院から慈円に送られた十首には、折からの時雨と同じように涙を流す自分の姿、死別は世の習いと思いつつ悲しみを止められず、容赦なく過ぎる月日を恨《うら》めしく思う姿、悲しみの色は顔には出すまいとしながら、それを情のない姿と思われるのではないかと悩む姿など、死別の悲しみに真正面から向かい言葉を紡《つむ》いでゆく人の姿がある。院はこのとき、治天《ちてん》の君*ではなく、愛する者を失ったひとりの男として歌をよんだのである。そして、それを可能にしたのが、慈円の存在であり、水無瀬だったのだ。
尾張局の死を悼《いた》んでの院と慈円との歌の贈答は、翌元久二年十月、その菩《ぼ》提《だい》を弔うために水無瀬で御堂《みどう》供養が催された翌日にふたたびおこなわれる。その一部は『新古今集』に入集《にっしゅう》し、詞書《ことばがき》とともに強い印象を集の中で放っているのだが、それは後述する*。いずれにせよ、後鳥羽院の歌は、その多くが歌合や歌会、百首歌など公的な和歌の催しでよまれたもので、生活の中での感情を流露させるような歌はほとんど残されていない。そのなかにあって、この尾張局の死をめぐってよまれた歌は、院の生《なま》の声が聞こえてくるようで、読むわれわれを強くひきつける。

*治天の君―院政において、実権を握って政務をおこなった上皇のこと。

*後述する―18参照。

15

ほのぼのと春こそ空に来《き》にけらし天《あま》の香具山《かぐやま》霞たなびく

【出典】新古今和歌集・春上・二、後鳥羽院御集・一三二〇

ぼんやり薄明るく夜が明けてきたのとともに、春がほんのりと空にやってきたらしい。天の香具山には霞がたなびいている。

夜明けとともに、まずほんのり明けてきた東の空に春の気配がやってきた。天の香具山に霞がかかっているのだ。それはやがて、大地もやわらかく包んでゆくだろう。悠久の時の流れと春の訪れへの喜びを、天の香具山を中心に大きな構図で描いた一首である。

春が東の空からやってくるのは、中国の陰陽《いんよう》五行《ごぎょう》の考えから来るものだ。理屈としてはそうだが、そうでなくとも、新年を迎える春は、やはり太陽の

【詞書】春のはじめの歌

【語釈】○けらし―過去のことを何かの根拠に基づいて推定する意を表す。

*陰陽五行―五行は中国の思想で、宇宙のすべての元素や現象は木・火・土・金・水の五種の気のいずれかに

昇る方角の空から来るのがふさわしい。元久二年（一二〇五）三月、「日吉《ひえ》三十首」の作。後鳥羽院は元久元年から翌年三月のこの「日吉三十首」まで、春日社、石清水《いわしみず》八幡宮、賀茂上《かみ》社、賀茂下《しも》社、住吉社と、立て続けに三十首和歌を奉納している。この時期の後鳥羽院は、自身の治める世の平安と、編纂《へんさん》している勅撰集の完成を祈り、神々の加護を期待して和歌をよんでいたようである。

さて、この歌で天から降ってきたという伝承を持つ*大和三山《やまとさんざん》の一つ、天の香具山をよむのは、『万葉集』巻十・春雑歌の人麻呂歌集の歌「ひさかたの天《あめ》の香具山《かぐやま》この夕べ霞たなびく春立つらしも」を本歌としているからだが、万葉歌をもととし、旧都藤原京を囲んでいた大和三山の一つをよむ意識の背景には、後鳥羽院や当時の人々の復古意識、古代へのあこがれがあったと考えられる。特に、院は「天の香具山」をよむにあたって、人麻呂歌集の歌だけではなく、『新古今集』夏の巻頭歌に入集させた持統《じとう》天皇の、やはり季節の変化を香具山の情景で知ったという歌「春過ぎて夏来《き》にけらし白妙《しろたへ》の衣《ころも》ほすてふ天の香具山」にもヒントを得ている。さらにこの自身の歌を『新古今集』の巻頭二首めに置くという配置については、『万葉集』巻一、第二首め

属するという考え方。たとえば、春は木の気に属す。木には、方角なら東、色なら青が属す。ゆえに、春は東から来るということになるのである。日本には陰《おん》陽道《みょうどう》や易の思想とともに入って来て一般化した。

*大和三山―香具山、耳成《みみなし》山、畝傍《うねび》山のこと。

の舒明《じょめい》天皇の国見《くにみ》*の歌をふまえたと考えられている。後鳥羽院は、霞たなびく春の香具山の情景に「平安な天皇政治の世」を見いだしていて、自分も古代の帝王にならおう、という意識をもっていたのである。

なお、この歌が巻頭二首めに置かれていることで、旧都吉野の立春をよんだ摂政太政大臣藤原良経の巻頭歌「み吉野は山も霞みて白雪《しらゆき》のふりにし里に春は来にけり」と、古代王権の地、大和の旧都が二首続く点にも注目しておきたい。この配列は、摂政太政大臣と治天の君である上皇の歌を並べて春上の巻頭に入集《にっしゅう》させることで、臣下と王とが互いに親しく政《まつりごと》をおこなっている世であるとアピールする意図もあっただろう。要するに、『新古今集』はきわめて政治的な歌集でもあるのだ。

ところで、初句の「ほのぼのと」はどこにかかっているのだろうか。文法的に考えると、この歌は「こそ〜らし」で三句切れなので、「ほのぼのと」は「春こそ空に来にけらし」に直接かかっていると取れる。けれどもこの副詞をよむ歌には、『古今集』の有名な「ほのぼのと明石《あかし》の浦の朝霧《あさぎり》に島がくれゆく舟をしぞ思ふ」（羇旅《きりょ》・読人知らず）のように、ぼんやり明るくなっていく夜明けの情景や、「霞立つ末《すゑ》の松山ほのぼのと浪に離るる横雲《よこぐも》の空」

＊国見の歌—「国見」は、高い所に登って国土を望み見ることで、天皇の統治のための儀礼の一つとして春季に行われた。豊作を祈る予祝の行事でもある。舒明天皇の歌は「とりよろふ天の香具山登り立ち国見をすれば」（万葉集・二・長歌の冒頭）とよまれている。

（新古今集・春上・家隆《いえたか》）のように、霞、あるいは霧でほんのりかすんだ情景をよむものが多い。とすると、結句の「霞たなびく」にかかっているようによんでも、間違いとは言い切れないということになる。

江戸時代、本居宣長《もとおりのりなが》は『新古今集』の注釈書『美濃《みの》の家苞《いえづと》』のなかで「初《はじめ》ノ御句、霞たな引《び》くへかかれり、二の御句へ続けては心得べからず」と言っていたが、それには一理あるのだ。文法的には二、三句にかかる形ではあるけれども、初句に「ほのぼのと」とよみだしたことで広がっていく春の雰囲気は、*一首全体の情景をほんのりおおっているように読めないだろうか。初句にこの句があるからこそ、文法的には無理なのに、結句《けっく》の「霞たなびく」までそのイメージが続いている。ちょっとずるいかもしれないが、そう考えてみたい。

＊一首全体―作家の丸谷才一氏は、その著『後鳥羽院』で、この句は「春こそ空に来にけらし」と「霞たなびく」双方にかかっているとし、古注などを引きながら説明している。

16

石上《いそのかみ》古きを今に並べ来《こ》し昔の跡をまた尋《たづ》ねつつ

【出典】新古今和歌集竟宴和歌、続古今和歌集・賀・一八九六

古い歌を当代の歌に並べて編《あ》まれた昔の先例、古今和歌集の跡をまた尋ねて、ここに新古今和歌集を新たに撰集したのです。

元久《げんきゅう》二年（一二〇五）は特別な年だった。最初の勅撰和歌集『古今集』成立の延喜《えんぎ》五年から三百年、干支《えと》も同じ乙丑《きのとうし》の年がめぐってきたのだ。なんという僥倖《ぎょうこう》。このタイミングを後鳥羽院が逃《のが》すはずはない。おそらく勅撰集の撰集を下命《かめい》した時点で、院はこの時期をめざしていたのだろう。かくして『新古今和歌集』と名づけられた勅撰集の完成を祝う竟宴《きょうえん》と、それに合わせた竟宴和歌が、国史『日本書紀《にほんしょき》』講説後の竟宴になぞらえて催されたのは三

【詞書】元久二年三月廿六日、新古今集竟宴おこなはれけるによませ給ひける

【語釈】○石上―大和国の地名（同名の社寺もある）で、その地の「布留」に冠するのが本義。そこから「布留」と同音の「古・降

月二十六日のことだった。

　この歌は、その竟宴和歌でよまれた一首である。当初後鳥羽院自身は歌をよまないはずだったが、良経が御製《ぎょせい》があるべきだと進言、それを承《う》けて院は二首よんで良経に意見を聞き、この一首を清書した（明月記）。「古」「今」の語を歌によみ入れて『古今集』を想起させ、「また尋ね」で、それに倣《なら》っての新しい撰集であることをアピールする。表向きは、先人の跡を踏襲《とうしゅう》したに過ぎませんというポーズを取りながら、素晴らしい撰集を作り上げた誇らしい気持ちがよくあらわれた歌だ。ちなみに良経は「*敷島《しきしま》や大和言葉《やまとことば》の海に得て拾ひし玉は磨かれにけり」とよみ、他の出詠歌人たちも「拾ひし玉」「言葉の花」「和歌の浦風」などの表現で、撰集の完成を言祝《ことほ》いでいる。

　しかし、実はこの時は全巻の清書が間に合わず、良経執筆の仮名序《かなじょ》も未完成という状態で、撰者として中心的な役割を果たしていた定家《ていか》など、前例のない勅撰集完成時の竟宴、まして完成してもいないうちの祝宴をひそかに日記で批判し、父俊成の喪《も》にかこつけて出席しなかったほどだった。しかも、竟宴の翌々日には院の意志で早速切継《きりつぎ》と呼ばれる歌の追加・削除の作業が始められ、『新古今集』は竟宴時とは異なる相貌になっていくのである。

る」を導く枕詞として用いられる。ここは「古き」の枕詞。

*敷島や大和言葉の……——豊穣な和歌の海から撰者たちが得て拾った玉のような秀歌は、院によってますます磨かれたのですね、の意。

17

見わたせば山もと霞む水無瀬《みなせ》川夕べは秋となに思ひけむ

【出典】新古今和歌集・春上・三六

見わたすと、山の麓《ふもと》は霞み、水無瀬川が流れている。夕べの眺めは秋が一番だと、なぜ今まで思っていたのだろうか。この春の夕べの趣《おもむき》もすばらしいではないか。

ある体験によって、今まで思い込みで見ていた世界が一瞬で劇的に変わって見える驚き、感動、そして自省《じせい》……。そんな心の動きが伝わってくる歌だ。元久《げんきゆう》二年（一二〇五）年六月に後鳥羽院主催でおこなわれた「元久詩歌合《しいかあわせ》」＊で「水郷《すいごう》の春望《しゆんぼう》」という題をよんだ歌だが、おそらく院がこよなく愛し頻《ひん》繁《ぱん》に御幸した水無瀬離宮で実際見た光景をもとにしたものだろう。『新古今集』竟宴《きようえん》＊後の切継《きりつぎ》で入集させた院の自信作でもあり、代表作のひとつであ

【詞書】をのこども詩を作りて歌に合はせ侍りしに、水郷春望といふことを

＊元久詩歌合—漢詩にも和歌にも秀でていた、藤原良経が漢詩と和歌を歌合の形式で競わせる催しを邸で行うことを企画、それを知った

る。「水無瀬川」は摂津国の歌枕、いまの大阪府三島郡島本町を流れて淀川に入る川で、離宮はその川沿いの南にあった。

実は、この歌の下句によまれる、夕べの趣は秋に限るという*『枕草子』以来の固定観念を疑う意識は、すでに院政期の歌人、藤原清輔《きよすけ》が「薄霧《うすぎり》の籬《まがき》の花の朝じめり秋は夕べと誰《たれ》かいひけむ」（新古今集・秋上）とよんでいる。上句に新たに発見した美を、下句に今までの美意識への疑念をよむという構図も、実感にもとづく歌である点も清輔の歌と変わらない。ただ、後鳥羽院のこの歌は切り取る景が壮大である。「見わたせば」と治天の君が眼前に広がる地を見渡し歌いおさめるさまは、古代の天皇のおこなった「*国見《くにみ》」の趣もあり、水無瀬の春の素晴らしい夕景を言祝《ことほ》ぐことで、自分が発見した美を新しい美として定着させようという迫力も感じる。

ところで、もともと水無瀬は水が無くて瀬だけ見える場所という普通名詞で、『万葉集』以来表に出せない恋心の比喩として詠まれてきた。が、この歌と院の離宮の存在によって、この摂津の、水も豊富な水無瀬川のことをさすようになり、水無瀬は後鳥羽院と新古今時代そのものを象徴する地となった。歌枕「水無瀬」のよまれ方は、院によって大きな変貌を遂《と》げたのである。

後鳥羽院が自らも出詠を希望したため、院御所での開催となった。「水郷春望」「山路秋行」の二題で、詩・歌各十九人が出詠した。この歌は院の帝時代に侍読《じどく》（学問の教授）であった藤原親経《ちかつね》の漢詩と合わせられたが、勝敗は不明。

＊竟宴─16参照。

＊『枕草子』以来の固定観念─「春は曙」で始まる『枕草子』の初段に「秋は夕暮」と言《こと》あげされたことは有名。

＊国見─15の脚注参照。

18

思ひ出《い》づるをりたく柴《しば》の夕煙《ゆふけぶり》むせぶも嬉《うれ》し忘れ形見《がたみ》に

【出典】新古今和歌集・哀傷・八〇一

亡きあの人を思い出す夕暮れの折、折っては焚く柴の煙にむせ、むせび泣くのも嬉しい。煙があの人を荼毘《だび》に付した煙をしのばせる忘れ形見だと思うと。

人の死を悼《いた》み、悲しんだ歌。それなのに「嬉し」という。なぜか。折って焚《た》く柴の煙が、亡くなった愛《いと》しい人を荼毘《だび》に付した火葬の煙に相通じ、それが形見に思えるからだというのである。なんと大胆なよみぶりだろうか。

この歌は、元久二年（一二〇五）年十月二十七日におこなわれた水無瀬殿御堂《みどう》供養《くよう》の翌日、水無瀬の後鳥羽院から慈円に送られた歌群のなかの一首で、その御堂は前年十月に亡くなった寵妃《ちょうき》、*尾張局《おわりのつぼね》の菩提《ぼだい》を弔うためのものであ

【詞書】十月ばかり、水無瀬に侍りし頃、前大僧正慈円のもとへ、ぬれて時雨のなど申しつかはして、次の年の神無月に、無常の歌あまたよみてつかはし侍りし中に

【語釈】○思ひ出づるをりた

った。当然、この歌でしのんでいる故人は尾張である。煙にむせぶということは、この歌をよむ院自らが柴を折って火にくべて焚いているのだろう。しかし、なぜここで柴を焚いているのだろうか。もしかしたら、ここでは、柴と一緒に尾張局と交《か》わした手紙などの遺品を燃やしているのかもしれない。そう、『源氏物語』幻《まぼろし》巻で、紫の上の一周忌の折、彼女の手紙を破いたり燃やさせたりした光源氏のように。あるいは、『竹取物語』*のかぐや姫が形見にくれた和歌や不死の薬を富士山で焼かせて煙を立ち上らせた帝のように。しかし、そうすることで愛執《あいしゅう》を断ち切ろうとした光源氏や帝とは、後鳥羽院は違う。自ら焚き、その煙にむせぶことで、亡き人を愛する思いを体で確認し、より深く感じているのだ。

『新古今集』には、この歌の次に、慈円の返歌「思ひ出づるをりたく柴と聞くからにたぐひ知られぬ夕煙《けぶり》かな」が、ついで建永元年(一二〇六)七月二十八日におこなわれた当座歌合に「雨中無常」題で院がよんだ、

亡き人の形見《かたみ》の雲やしをるらむ夕《ゆふべ》の雨に色は見えねど

が続き、尾張局の追悼《ついとう》歌群を構成する。いずれも切継《きりつぎ》で入れられた歌である。確認しておくと、この18歌の詞書《ことばがき》で最初に「十月」とあるのは尾張の亡

く柴の―「をり(折)」に思い出す時の意と、折って焚く意が掛かる。

*尾張局―14参照。

*竹取物語―平安時代初期に成立した作り物語。物語の祖といわれる。かぐや姫の出生から五人の貴公子や帝による求婚、月の世界への昇天を語る。

くなった前年のことで、「ぬれて時雨の」とあるのはすでに14でふれた歌、そして「次の年の神無月」はこの歌のよまれた元久二年十月を指す。尾張局を失った直後に水無瀬に籠《こ》もり、そこから慈円に歌十首を送ったのと同様、この折も院は尾張への抑えがたい恋情と追悼の思いをこめた歌の数々を慈円に送り、慈円もそれに応じて返歌をしたのだった。『新古今集』に収められる慈円の返歌は、初・二句が院の歌そのままである。それだけ院のこの歌から受けた衝撃が強かったのだろう。だからこそ「嬉し」と院がよむ「をりたく柴の夕煙」を「たぐひなき」、つまり類例のないものと感じたのである。

院はこの「思ひ出づる」という歌とともによんだ歌群の中で、

形見とてしぐるる空を眺めてもはかなの雲のあとのあはれやともよんでいる。尾張の亡くなった前年と同じ時雨がちの空、その時雨を降らせる雲を形見と思って眺めていても、雲ははかなく消えてその後には一層の悲しみが残って……という意である。先の歌に「亡き人の形見の雲」ともあったが、雲を愛する人の形見と見るこの発想は、『文選《もんぜん》』に載る宋玉《そうぎょく》「高唐賦《こうとうふ》」の「朝雲暮雨《*ちょううんぼう》」の故事に拠《よ》っており、また、『源氏物語』の夕顔巻《ゆうがお》で、不慮の事から廃院で命を落とした恋人夕顔を荼毘《だび》に付した折に光源氏が

＊「朝雲暮雨」の故事―六世紀後半に成立した中国の詩文選集『文選《もんぜん》』に載る。中

よんだ、「見し人の煙《けぶり》を雲とながむれば夕《ゆふべ》の空もむつましきかな」に拠っている。ちなみに、光源氏がこの火葬の煙を「むつまし」と思う感覚は、後鳥羽院の「むせぶもうれし」に通じてもいよう。そして、この光源氏の歌の発想は、先に挙げた「亡き人の」詠にも生かされている。ここではさらに『源氏物語』の葵《あおい》巻で、若君出産後に亡くなった正妻葵の上を悼《いた》んで光源氏がよむ「見し人の雨となりにし雲居《くもゐ》さへいとど時雨にかきくらすころ」をも念頭に置いて、亡き愛する人の形見の雲が時雨を降らしているのか、夕暮れ時の雨にはっきりとはわからないが、とよんでいるのだ。

後鳥羽院は、尾張局を失ったときからずっと、時を経てもなお深くその死を哀悼している。その思いを歌にしたとき、そこには神女《しんにょ》と契りを交わした「朝雲暮雨」の懐王《かいおう》が、あるいは愛する者を失った光源氏が引き寄せられ重ねられるのだった。14歌の鑑賞で、『源家長日記』が、尾張を失った院の様子を桐壺巻の桐壺帝と更衣を思わせる筆致《ひっち》で書いていることを述べたが、そのように家長が書かざるを得ないほど、尾張局を思う院は、まさに『源氏物語』での愛する人を失った桐壺帝であり光源氏だったのだ。

国、楚の懐王《かいおう》が高唐に遊び、夢で神女《しんにょ》と契る。別れ際に神女が、朝には雲に、夕には雨となってお目にかかると言ったということから、男女の堅い契りを意味する。

19

津《つ》の国の蘆《あし》刈《か》りけりな頼みこし人も渚《なぎさ》のいとど住みうき

【出典】源家長日記

妻を失ってから津の国の海岸に生える蘆を刈るこんな身に落ちぶれたのが辛《つら》いと言った昔の人のように、私も頼りにしていた摂政に去られて、この世はひどく悪く住みにくいものになってしまった。

【語釈】○蘆刈り—蘆を刈る意に「悪しかり」を掛ける。○渚—難波の渚に「亡きさ」を掛け、良経の死を暗示させている。

元久三年（一二〇六）三月七日、前日まで政務に携《たずさ》わっていた摂政太政大臣《せっしょうだいじょうだいじん》藤原良経《よしつね》が、就寝中三十八歳の若さで頓死《とんし》した。訃報《ふほう》を聞いた院の嘆きぶりは尋常でなく、もしかしたら生き返るかもしれないと験者《げんざ》に加持祈禱《かじきとう》をさせ、諸国の神社に神馬《じんめ》を奉納して祈ったといい（家長日記）、その悲嘆は一ヶ月以上も続いたという（三長記）。院にとって良経は、歌のことはもちろん、政治的にも頼りにできる、まさに理想的な君臣関係の相手にほかならなかった。

この歌は、良経の叔父慈円《じえん》と交わした贈答歌の一首。慈円からは、『新古今集』に載る良経の歌「*難波人《なにはびと》いかなる江《え》にか朽ち果てむ逢ふこと無《な》みに身を尽くしつつ」をふまえた「*津の国の難波も蘆《あし》の身を尽くしこや憂き事のしるしなるらん」という歌を贈ってきた。「身を尽くし」以下さまざまの掛詞を駆使《くし》した技巧的な歌で、難波に生い茂った蘆は風に折れ、舟はないのにその行先を示す澪標《みをつくし》だけが点々と見える、そんな淋しい光景に託して、大事な良経を失った悲しみをより際《きわ》やかに浮かび上がらせた歌である。

これに応じた院の歌は、慈円の歌の「難波の蘆」という語をふまえ、さらに『大和物語』一四八段などに見える有名な蘆刈《あしかり》説話を導入している。かつて一緒に暮らしていた男が落ちぶれて難波で蘆刈りをしている姿を見た本の妻が嫌みを言ったところ、男が「君なくて蘆刈りけりと思ふにもいとど難波の浦ぞ住みうき」とよんだという説話で、院はこの男の歌を本歌とし、女を失って生活が一変した男同様、信頼していた良経を失って我が身の今後が一変するのではないかという、切実な思いに捉えられたことを示したのである。事実、院はこの後、意に従わぬことが出て来た折には、何かにつけ、良経がいてくれたらと思い続けたのである。

*難波人いかなる江にか……――『新古今集』恋一に載る忍ぶ恋の歌。波に翻弄される澪標《みをつくし》が朽ちるように私は逢うことが叶わぬ恋に身を捧げてどういう因縁で身を滅ぼしてしまうのかという内容。「無み」に「波」を、「江に」に「縁《えに》」を、「身を尽くし」に水路に目印として立てる「澪標」を掛ける。

*津の国の難波も蘆の……――難波の蘆がぽっきり風に折れるように、摂政殿下はあっけなく亡くなってしまいました。世の中が辛いものであるというこれが何よりの証拠なのでしょうか、という意。「身を尽くし」に「澪標」、「こや」に摂津の地名「昆陽《こや》」、「しるし」に「印」と証拠の意の「証《しる》し」を掛けている。

20

おのが妻恋《つまこ》ひつつ鳴くや五月闇《さつきやみ》神奈備山《かむなびやま》の山ほととぎす

【出典】新古今和歌集・夏・一九四・読人しらず、明月記・建永二年三月十九日条

自分の妻を恋い慕《した》って鳴いているのだろうか。五月雨のころの真っ暗闇の中、神奈備山の山ほととぎすは。

この歌は『新古今集』に「読人しらず」として収められているが、実は後鳥羽院の歌である。藤原定家の日記『明月記《めいげつき》』建永二年（一二〇七）三月十九日条に、その経緯が詳しく語られている。

『新古今集』仮名序《かなじょ》には、同集に入集《にっしゅう》した古人《こじん》の歌を用いて部立《ぶだて》の内容を説明する部分がある。その夏部の説明「夏は妻恋《つまご》ひする神奈備のほととぎす」は、山部赤人《やまべのあかひと》の「旅寝《たびね》して妻恋《つまご》ひすらしほととぎす神奈備山に小夜《さよ》ふけ

【語釈】○神奈備山―本来は「神のいます」山の意の普通名詞。神奈備川・神奈備の森などもよまれ、地名としては大和国、摂津国（能因歌枕）、山城国（和歌初学抄）等の諸説がある。『万葉集』では飛鳥のあたり、平安時代には「神奈備

て鳴く」を用いたものだったが、切継《きりつぎ》作業中、この歌が、すでに『後撰集』に「読人しらず」として入集しているのを家隆が見つけてしまった。

勅撰集では、先行勅撰集の入集歌と重複して取ってはいけない。そこで、仮名序を改めるべきか、序にあっても原則通り歌を切り出すかが問題となり、定家は「序は一字も改めるべきでないが、序に載る歌が夏部に無いのもおかしい。この内容で新しい御製《ぎょせい》をよむべきだ」と進言した。亡き良経が書いた仮名序の素晴らしさを知る院もそれを承知し、この内容で三首よんだ。そして、定家が推《お》した一首を古人《こじん》の歌のごとく「読人しらず」として入集させた。撰者と後鳥羽院の見事な判断と能力で、問題に臨機応変に対処したのである。

院の歌は、赤人の詠を本歌にして、五月雨のころの漆黒《しっこく》の闇——何も見えない闇夜に配することで、神奈備山に鋭く響くほととぎすの鳴き声を際立《きわだ》たせたところに眼目がある。また、自分の妻を恋い慕って鳴いているのか、と疑問にして想像の余地を残しているのも余韻がある。もっとも、二句で切って三句めに「五月闇」を独立して提示し、体言止めで結ぶこの歌は、赤人のよりはるかにモダンで、とても古人の歌には見えなかっただろうけれど。

の三室山《みむろ》」とよまれ、大和国の龍田川上流の山をさすことも多かった。

21

橋姫《はしひめ》の片敷《かたし》き衣《ころも》狭筵《さむしろ》に待つ夜むなしき宇治のあけぼの

【出典】新古今和歌集・冬・六三六、後鳥羽院御集・一四三一

橋姫が衣を片敷き、夜の寒さに冷えた狭い筵に臥《ふ》してあの人の訪れを待っている夜もむなしく明けてゆく、宇治川の明け方の空の景色よ。

【詞書】最勝四天王院の障子に、宇治川かきたる所

承元《じようげん》元年（一二〇七）十一月に成立した「最勝四天王院障子和歌《さいしようしてんのういんしようじわか》」の一首。最勝四天王院は、後鳥羽院が慈円から三条白河の地を譲り受けて建立《こんりゆう》した御願寺《ごがんじ》で、＊『承久記《じようきゆうき》』に鎌倉調伏《ちようぶく》のための御堂《みどう》御所と記されて有名である。

じつは、この御堂《みどう》御所の内部には、院自身の凝らした特別な趣向があった。日本国の四十六ヶ所の名所絵が描かれた障子を、その描かれた名所の位置や特性と、建物内部の造りや位置、機能とを照らし合わせ＊、また地理的な

＊承久記―後鳥羽院の承久の乱の顛末を語る軍記物語。最も古い形の本は承久の乱から半世紀以内の成立かという。

＊照らし合わせ―たとえば、

連続性を考慮して配置し、建物を、いわば日本の国土のミニチュアとしていたのだ。しかも、それぞれの名所絵の配置は季節がスムーズに循環するようにも工夫されており、さらに絵には後鳥羽院自身を含め、慈円・定家・家隆・俊成卿女ら十人の当代歌人が名所を題にしてよみあった中から、定家を補佐として院自身が選んだ和歌が一首ずつ添えられていた。あるじの後鳥羽院は、季節の流れという時間をも統《す》べる帝王として、この御堂御所にできあがった「日本国」、ひいてはそのミニチュアが象徴する日本国そのものを、臣下である歌人たちとともに歌い治めようとしたのである。なお、その屏風に描かれる各地の景は、実際に近いものもあったようだが、障子《しょうじ》絵《え》に添えられる和歌は、それぞれの名所の本意《ほんい》*にそったよみぶりで、何か政治的な趣《おもむき》があるわけではない。むしろ伝統的なよみぶりの歌を添えることで、脈々と受け継がれてきた王朝和歌の歴史をも治める意図があったのかもしれない。

さて、四十六ヶ所の一つ「宇治川」をよんだこの歌は、実際に障子絵に添える歌として選ばれた一首である。絵は、絵師の尊智《そんち》が冬の景を描いたものだった（明月記）。宇治川の流れる宇治には、貴族が世俗を離れて風雅に遊ぶ、あるいは仏道に親しむための別邸や、遁世《とんせい》者の庵《いおり》が多く営まれ、後鳥羽

御堂御所の南面の晴の場には大和の名所、常御所や寝所には院の好んだ離宮がある鳥羽や水無瀬、奥の人気《ひとけ》のないほうには陸奥の名所、台盤所には飾磨市《しかまのいち》を描くなど、建物の性格と名所の性格を合致させる配置を試みている。

＊名所の本意―名所を名所たらしめている、その地にもっともふさわしいさま。

院も建仁三年（一二〇三）に御所を新造、しばしば御幸して水練や遊猟を楽しんでいた。和歌では、水郷としての宇治の景物、*網代《あじろ》や霧、*氷魚《ひお》、柴舟《しばぶね》などが多くよまれる。「障子和歌」でも網代木や霧をよむ歌が多いが、同時に後鳥羽院を含むほとんどの歌によまれるのが「宇治の橋姫」である。宇治は大和と都とを結ぶ地でもあり、大和から逢坂《おうさか》山を越えて東国に向う要路にも当たる交通の要衝だったため、大化《たいか》二年（六四六）には宇治橋が架《か》けられていた。宇治の橋姫はその橋を守る神だが、「さむしろに衣片敷《かたし》き今宵《こよひ》もや我を待つらむ宇治の橋姫」（古今集・恋四・読人しらず）により、男の訪れを待つ女のイメージをもって物語や和歌の世界に受け入れられた。和歌では特に、後鳥羽院が歌に熱中する少し前から、*橋姫の伝承も歌学書等に書き留められたり、*『源氏物語』の影響から宇治の橋姫をよむことが流行となったりしており、ここでもその流れを承けて橋姫が多くよまれているのである。

院の歌ももちろん『古今集』の橋姫の詠を本歌としている。本歌では、訪れる男の立場から、宵毎《ごと》に自分の訪れを待っているであろう橋姫の姿がよまれている。橋姫は「待つ」姿がその象徴であるから、訪れを待つ夜の姿がよまれることが一般的である。ところが、後鳥羽院の歌では、冴《さ》え返った冬の

*網代―冬、氷魚を取るために杭の端に竹や柴を斜めに組んだ簀を置いた仕掛け。

*氷魚―白い小魚。鮎の稚魚とも。

*橋姫の伝承―平安後期の歌学書『奥義抄《おうぎしょう》』には、二人の妻を持った男が海で死に、もとの妻が海辺に行くと男は「さむしろに…」の歌を吟じつつ現れ、夜明けとともに消えて行ったが、後妻が会いに行った折には嫉妬して怒ったため男は消えてしまったという物語を載せる。

*『源氏物語』の影響―平安末期ごろから、特に和歌に『源氏物語』の世界をふまえてよむ傾向が多くなる。なかでも、宇治十帖に描かれる宇治の八の宮の姫たちは、『古今集』の橋姫詠をモチーフとして描かれており、

夜明け方、霧の立ちこめた宇治橋のほとりに、「待つ夜むなしき」まま、独り寝で冷えた体を、寒い片敷き衣を敷いた夜具《やぐ》の狭筵《さむしろ》*に横たえる橋姫がよまれている。その時間設定が一晩を明かしての「あけぼの」であるだけに、かすかに見えはじめた宇治川の薄暗い川面《かわも》に立つ波や霧といった自然の景が、人の訪れのないまま夜明けを迎える橋姫の絶望をよけいに際立たせ、哀しくも美しい場面となっているのである。

冬のあけぼのは、季節の新しい美を旺盛に開拓した定家や良経らを先駆として、後鳥羽院の周辺で好んでよまれた新しい景だった。院は、冬の宇治川を描いた障子絵という規制を生かし、また「あけぼの」をよむことで宇治の橋姫に新しい趣をもたらしたのだった。なお、『新古今集』では、この歌の次に、同じ折によまれた慈円の「網代木《あじろぎ》にいさよふ波の音ふけて一人や寝ぬる宇治の橋姫」が入っている。『古今集』の橋姫の歌に加え、人麿の「もののふの八十《やそ》宇治川の網代木にいさよふ波の行方《ゆくへ》知らずも」（新古今集・雑中）をも本歌とする慈円の歌は、「音」が夜の更けたことを告げる「音ふけて」の表現が独特だが、やはり「夜」の様子をよんでいる。

またその物語を下敷きに歌がよまれるのである。

＊狭筵―「寒《さむ》し」を掛ける。

22

水《み》無《な》瀬《せ》山木《こ》の葉あらはになるままに尾上《をのへ》の鐘の声ぞちかづく

【出典】後鳥羽院御集・一四二二

水無瀬山の木の葉が散ってゆき、木に残る葉がまばらになって山肌もあらわになるにしたがって、山の高いところで鳴っている鐘の音がだんだん近づいて聞こえるようになったよ。

同じ「最勝四天王院障子和歌」の「水無瀬川」をよんだ一首。やはり絵に添える一首に選ばれている。障子絵には秋の景が描かれていた（明月記）。ところで、この名所題は「水無瀬川」なのに、後鳥羽院の歌に川はよまれていない。院以外の歌人はもちろん川をよんでいる。また、彼らは一様に秋の花で王権の象徴でもある菊をよむが、院はよまない。たとえば定家は、「この里に老いせぬ千代を水無瀬川せきいるる庭の菊の下水《したみづ》*」とよむ。「万《よろづ》

＊菊の下水―中国の甘谷《かんこく》では

代《よ》の秋まで君ぞ水無瀬川影すみそめし宿の白菊《しらぎく》」とよむ俊成卿女の歌も、「君」の長寿と治世の永続を菊に託して願う。臣下の歌は一様に院の治世や長寿を言祝《ことほ》ぐ歌なのである。17で見たように、水無瀬は後鳥羽院を象徴する地だった。ゆえに、この催しでも院以外の歌人は水無瀬をよむのに院を言祝ぎ、逆に当事者の院は、祝意に通じる菊や川をよまなかったのだ。

　院の歌は、障子に描かれていただろう水無瀬山に焦点を当て、元久元年（一二〇四）十一月に催された「春日社歌合」での祝部成茂《ほふりべなりもち》の*「冬のきて山もあらはに木の葉ふり残る松さへ峰にさびしき」という歌を念頭に置いている。成茂の歌は「山もあらはに」が評価されて勝ち、この句を激賞した院は御《み》教書《ぎょうしょ》を賜《たまわ》ったほどだった。院の歌は、成茂の句を下敷きに*「木の葉あらはになる」、木の葉が落ち音の通りがよくなったのを「ちかづく」と動的に表現し、絵とともに鑑賞する際の効果も考えて寂寥《せきりょう》の景をよんだものだろう。

　秋の深まりとともに、次第に近く聞こえるようになってくる鐘の音は、水無瀬殿の御堂《みどう》の鐘だろうか。そして、こう表現する院には、何らかの仏道への思いが芽生えているのだろうか。思えば、最勝四天王院は本来は仏事をおこなう御堂御所だった。

菊の露が川の水となって流れ、それを飲む人は不老長寿を保つという故事による表現。

*冬のきて…―『新古今集』秋上に入集。

*木の葉あらはに―木に残る葉がまばらになって山肌があらわになる意か。こなれない表現だが、院なりに成茂の句に多少変化をつけようとしたのかもしれない。

23

奥山《おくやま》のおどろが下《した》も踏み分けて道ある世ぞと人に知らせむ

【出典】新古今和歌集・雑中・一六三五、後鳥羽院御集・一六九八

―奥山の、道のない茨《いばら》の生い茂った下をも踏み分けていって、正しい道のある世なのだと人々に知らせよう。―

【詞書】住吉歌合に、山を

『増鏡《ますかがみ》』の第一巻は「おどろの下」という題名である。この歌による巻名で、『増鏡』はこの歌を後鳥羽院の在位時の作とし、その治世が豊かで平和ですばらしかったこと、為政者《いせいしゃ》としての意識が高く諸道にもすぐれ、国には学才ある人も多く、醍醐《だいご》・村上《むらかみ》の昔の聖代《せいだい》に匹敵《ひってき》する御代であったこと、とりわけ和歌の道にすぐれていたことを言挙《ことあ》げする一節に用いている。

実際には、この一首は承元二年（一二〇八）五月二十九日に催された「住吉社

歌合」に「山に寄する雑《ぞう》」題でよまれた歌だが、このように潤色《じゅんしょく》されるほど、理想的な治世への意識から生まれたと受け取られる内容を持っている。事実この歌は、為政者として、どんな困難な道であろうとも正道のある世であることを身をもって人々に示そうという、自身の政《まつりごと》への態度を表明した作とみてよい。そして、ここでいう〈正道〉とは、当然ながら儒教の徳治《とくち》思想にもとづき、権力や武力によらず、治天《ちてん》の君として徳を持つ自分が人民を教化し、国を治めることをさしている。

「おどろ」とは、踏み分けることもできないほど茨《いばら》などが乱れ茂っている藪《やぶ》をいい、ここでは困難な状況の象徴だが、同時に違う意味を持つ。唐名で公卿《くぎょう》のことを「*棘路《きょくろ》」といい、公卿たちという意味が込められるのである。院はそれを「踏み分け」、つまりなびかせ従わせて、とよむ。この強い政治性と、院が後に承久《じょうきゅう》の乱を起こすことから、この歌の中にすでに倒幕の意志が込められていると読む説もあるが、承久の乱までまだ十年以上あり、そこまで具体的には読み取れないだろう。が、後鳥羽院が、いまの世のあり方は正しくないのだ、と不満を持ち始めていたのはたしかである。そして、これは『新古今集』に切り入れられたもっとも新しい歌であった。

*棘路—中国で、左右大臣の座おのおのに九株の棘《いばら》を植えて公卿の座としたことからの異称。

24

頼《たの》めずは人を待乳《まつち》の山なりと寝《ね》なましものを十六夜《いさよひ》の月

【出典】新古今和歌集・恋三・一一九七

あてにさせなければ、たとえ「待つ」という名の付いている待乳の山に住んでいようと寝てしまうのに。あの人が来るかもしれないと寝るのをためらっているうちに、空には遅れて出てきた十六夜の月が早くもかかったことだ。

【詞書】恋の歌とて

【語釈】○頼めずは―「頼む」はあてにするの意。「ずは」は打ち消しの助動詞「ず」の連用形に係助詞「は」がついて、順接の仮定条件、もし～ないならば、の意。○人を待乳の山なりと―人

「頼めずは」とは、のっけから非難めいた穏《おだ》やかでない口調である。待乳《まつち》山《やま》に住む女は不安にかられているのだ。「頼む」はあてにさせる、期待させる意。あの人が来ると期待させなければ寝るのに、寝るのをためらって起きて待っているのに、あの人は来ない……。じりじりと待つうちに、満月より少し遅く出てくる十六夜の月がのぼってきて、いよいよ今宵の訪れはないかもしれない、と思い始めるのだ。大和国《やまと》と紀伊《きい》国の境にある待乳山は「真土

山」とも書くが、ここは「待乳」という表記でこそ、恋人の訪れを待つ女の姿が想起され、一首の雰囲気は出るだろう。

この歌は、同じ『新古今集』雑《ぞう》上に収められる「頼めこし人を待乳の山風に小夜《さよ》ふけしかば月も入《い》りにき」を本歌とする。詞書には、*大中臣能宣《おおなかとみのよしのぶ》が大和国待乳の山近く住む女のもとに夜更けに逢いに行ったが、女は逢わなかったので、能宣が恨《うら》み言《ごと》を言ったところ、女がよんでよこした歌とある。本歌の女は、あてにしていてずっと待っていたにもかかわらず夜更けまで能宣が来なかったので、待乳山に風が吹き、夜が更けて月が山の端《は》に入るのと同じく自分も寝所《しんじょ》に入ってしまった。夜更けなどに来ても、もはや入れてやらないのだ。恨み言をいう能宣への意趣《いしゅ》返しの歌である。

どのような折によまれたかはわからないが、後鳥羽院の歌は、いわばこの女になって、彼女の宵の口の気持ちを歌ったものである。宵であるだけに本歌の女とは違って態度を決しかねている。そんな自分に、投げやりに「寝なましものを」と言い放っておきながら、最後に、その自分と同じようにぐずぐずしている十六夜の月を、体言止めで印象的に置いている。結局こうやって、女は待つのであろう。

を「待つ」意と大和国の歌枕である待乳山が掛かる。待乳山は今の奈良県五条市二見から和歌山県橋本市真土《まつち》へ越える山。「なりと」は「なりとも」と同じ意。
*大中臣能宣―平安時代中期の歌人。

25

人も愛《を》し人も恨《うら》めしあぢきなく世《よ》を思ふゆゑに物思《ものおも》ふ身は

【出典】続後撰和歌集・雑中・一二〇二、後鳥羽院御集・五人百首・一四七二

人がいとおしくも、また恨めしくも思われる。おもしろくないとこの世の成り行きを思うがゆえに、思い悩むわが身には。

周知のように『百人一首』に選ばれた歌。承元二年（一二〇八）以降、和歌の催しをほとんど断ち、もっぱら蹴鞠《けまり》や賭弓《のりゆみ》、有職《ゆうそく》故実などに興味を向けていた院が、建暦二年（一二一二）、久しぶりに企画した「五人百首」の中でよんだ「*述懐《しゆつかい》五首」中の一首である。なぜ院はふたたび和歌に向かったのだろうか。院は、久しぶりによんだこの述懐五首の一首めで、人の変心を恨んで涙で濡れる袖を山の端《は》の月が同情して照らすとうたう。ついで、初霜すなわち白

【詞書】題知らず

*述懐五首―以下の通り。
・人心《ひとごころ》恨み詫《わ》びぬる袖の上をあはれとや思ふ山の端《は》の月
・いかにせむ三十《みそぢ》余りの初霜をうち払ふ程になりにけるかな

髪の混じる年齢になった驚きと焦《あせ》りをうたい、三首めにこの歌をはさんで、次には、この世を逃れたいという遁世《とんせい》の思いが年々積もったとよみ、そして最後では、天照大神《あまてらすおおみかみ》を想起させる月に向かって、実際に世を逃れるまでは私の事を忘れずに照らしてほしいと、改めて治世への意欲を奮い起こしている。

治世《ちせい》の思いをうたったこの三首めは、人を愛《いと》おしむ「人も愛《を》し」、不満を表に出せない鬱々《うつうつ》とした感情を示す「恨めし」と、一見矛盾するような、しかし両者離ちがたい愛憎《あいぞう》の思いをよむ。さらに、何をしてもうまくいかず苦々《にがにが》しい意の「あぢきなし」と、続けて感情を示す語をよみこんでいる。しかも上句では「人も〜人も」と対比的に、下句では「思ふ〜思ふ」と同じ語を繰り返し、それらの感情を持てあますかのように、うねるリズムでよんでいるのだ。

23歌で「奥山のおどろが下」とよんだ頃から抱いていた正道への思いと、まならぬ現実へのやりきれぬ思い。この両者の間で揺れ動く複雑な心中を吐《と》露《ろ》するには、やはりかつて慣れ親しんだ和歌でなくてはだめだったのだろう。

定家が『百人一首』にこの歌を採《と》ったのは、人と世への愛憎半ばする思いのあふれたこの歌が、後に倒幕という行動に出て挫折した院の真情を理解するのに最も ふさわしいと見なしたためかもしれない。

・25歌
・憂《う》き世厭《いと》ふ思ひは年ぞ積もりぬる富士の煙《けぶり》の夕暮の空
・かくしつつ背《そむ》かん世まで忘るなよ天《あま》照る影の有明《ありあけ》の月

【補説】この歌は源氏物語・須磨巻での光源氏の感懐「かかる折は人わろく、恨めしき人多く、世の中はあぢきなき物かなとのみ、万《よろづ》につけて思《おぼ》す」を踏まえているとされるが、院の歌はまず初句に「人も愛し」とよみ、世を味気なく思っても、だからといって無視することはできない。世を逃れてしまえば何の物思いもしないで済むが、自分は世の行末を思う治天の身だから、そんなわけにはいかないという点で源氏の感懐とは大きく違っている。

26

近江《あふみ》なる志賀の花園里《はなぞのさと》あれて鶯《うぐひす》ひとり春ぞわすれぬ

【出典】後鳥羽院御集・五人百首・一四五八

春の古里とよまれたあの近江の志賀の花園の里はすっかり荒れてしまって、今では誰も訪れなくなってしまったが、鶯ひとりだけがその春を忘れずにいるのだ。

続けて「五人百首」の歌を見てみよう。春五首のうちの四首めの歌である。志賀は今の滋賀県大津市のあたり、かつて天智《てんじ》天皇の大津宮《おおつのみや》があり、その宮は桜の名所長等《ながら》山のふもとにあった花の旧都として認識されていた。この歌もその認識によりつつ、『新古今集』春下の巻軸に置かれる藤原良経《よしつね》の*「明日よりは志賀の花園まれにだに誰《たれ》かは問はむ春のふるさと」の「誰かは問はむ」に呼応して、誰も訪れなくても、鶯だけは春を忘れずに訪れるよと

＊明日よりは……—夏になってしまう明日からは志賀の花園を稀にも誰が訪れようか、春が去って寂れてしまう古里を、の意。正治二年（一二〇〇）院初度百首での詠。

答える体《てい》になっている。鶯しか来ないとよむことで、桜の咲く荒れ果てた旧都がより一層さみしいところとして感じられる一首である。

ところで、後鳥羽院は「五人百首」の春五首の一首めに、

み吉野の宮の鶯春かけて鳴けども雪はふるさとの空

とよんでいる。この歌は『古今集』*の歌を本歌とするが、さらに良経の『新古今集』巻頭歌「み吉野は山も霞《かす》みて白雪《しらゆき》のふりにし里に春はきにけり」*もふまえ、旧都吉野では鶯が春を待ち望んで鳴いているが、まだ古里の空には雪が降っているとよむ。つまり、この院は五首の中で良経の『新古今集』巻頭歌と春の巻軸歌の両方をふまえ、旧都の寂《さび》しい春をよむのだ。

25歌で、この催しのころ、後鳥羽院は思い通りにならない現実を苦々《にがにが》しく認識していたと述べたが、そんなときに思い出したのが、『新古今集』撰集期に諸方面で院の意を受けて働いてくれた良き臣下、良経だったのだろう。この歌を詠んだ建暦二年は、折しも良経没後七回忌の年だった。良経が共にいたころ夢中になっていた和歌で、しかも良経詠をふまえた歌をよむことで、もし今、良経のような忠誠を尽くしてくれる臣下がいてくれたらと夢想しつつ、追慕の情に浸《ひた》っていたのであろう。

*『古今集』の歌―「梅が枝《え》にきゐる鶯春かけて鳴けどもいまだ雪はふりつつ」(古今集・春上・読人しらず)。

*み吉野は……―吉野は山も霞んで、白雪の降っていたこの古く寂《さび》れてしまった里に春は来たのだ、の意。

27

明石潟《あかしがた》浦路《うらぢ》晴れゆく朝なぎに霧にこぎ入《い》る海士《あま》のつり舟

【出典】玉葉和歌集・秋下・七四〇、後鳥羽院御集・一七二一

明石潟では夜が明けて、浦辺の道がだんだんと晴れてゆき、朝凪《なぎ》の海には、漁師の釣り舟が、霧の中に漕いで入っていって見え隠れすることよ。

明るいという意の「明かし」と名のつく明石の海。近くに目をやれば、その海岸沿いの道が明るくなるとともに晴れてはっきり見えてくる。さっそく出港していった釣り舟を眺めつつ沖に目をやれば、波のない穏やかな、朝方の凪《な》いだ海には霧が立って、少し先ももうぼんやりわからない方へ、釣り舟は消えてゆく……。この歌が想起させる情景を説明すればこうだろうか。釣り舟の動きでさりげなく目線を近景から遠景へと導き、くっきり見えてきた

【詞書】建保元年八月撰歌合に

【語釈】○霧にこぎ入る―この表現は後鳥羽院の歌にしか見られない。建仁元年の千五百番歌合に、院が、各句の頭の字で勝負付けを示した折句《おりく》の歌で判をつけた際、すでに「わたのはら霧《きり》

浦辺と霧の立つ茫漠《ぼうばく》たる海という対比的な景を視界に入れこむのだ。舟が霧の彼方へ消えていく様子を「霧にこぎ入る」と表現したところとあわせ、なかなか巧みな一首といえよう。

また、明石の浦の明け方の霧と舟をよむ点で、柿本人麿《ひとまろ》の詠かという左《さ》注《ちゅう》がついて『古今集』羇旅《きりょ》に収められ、後世、人麿影供《えいぐ》に掲げられる肖像画に賛《さん》として挙げられる「ほのぼのと明石の浦の朝霧《あさぎり》に島がくれゆく舟をしぞ思ふ」の歌境にも通じるだろう。ただ、「朝なぎに霧に」と助詞の用い方に頓着せず続けている点、全ての句に濁音が入り、やや滞《とどこお》るような印象の調べである点、後鳥羽院らしいといえばらしいが、玉に瑕《きず》というべきか。

『増鏡』第一「おどろの下」は、この歌のよまれた建保《けんぽう》二年（一二一四）八月の水無瀬殿秋十首歌合が、後鳥羽院がこの上なく歌を精撰した*撰《せん》歌合《かあわせ》であったことを記す。そして、身分の高い人々の歌も一、二首しか選ばれない中、この歌合に九首までも選ばれ、その上、院のこの歌に「*契《ちぎ》りおきし山の木《こ》の葉《は》の下紅葉《したもみぢ》染めし衣《ころも》に秋風ぞ吹く」という歌が番《つが》えられた北面《ほくめん》の武士、藤原秀能《ひでよし》の名誉と、身分を問わず一芸に秀でた者を愛する帝王としての後鳥羽院の姿を描いている。

にこぎいる藻刈《もかり》舟関《せき》とはしるや須磨《すま》の浦風」（七四二番、折句は「わきもせず」となり勝負は引き分け）とよんでいる。類想の表現として「雲にこぎいる」などは他の歌人に先例がある。

＊撰歌合―『増鏡』では九月とするが、『明月記』の記事などから八月には撰歌がおこなわれていたことがわかる。『玉葉集』の詞書は誤り。『増鏡』によると、歌合に出席した歌人で勝負を決めた衆議判だった。

＊契りおきし……山の木の葉の下の方が色づく頃に逢おうと約束していたが、そのころには紅葉の色に染めた衣に秋風が吹き、あの人は私に飽きが来てしまったようだ。「衣」に「頃」、「秋」に「飽き」を掛け、約束した男を待つ女性の立場でよんだもの。

28

西の海の仮《かり》のこの世の浪の上になに宿るらむ秋の夜《よ》の月

【出典】後鳥羽院御集・建保二年八月撰歌合・一七二五

ほんのかりそめの世の中の、それも西の海の波の上などという不安定なところに、どうして宿っているのだろうか、秋の夜の月は。

予言する和歌というのだろうか。当人にそんなつもりはないのに、後にその人間がたどる運命を知って歌をよむと、予言だったかのようによめてしまう歌がある。

この歌の予言とはもちろん、後に後鳥羽院が承《じょう》久《きゅう》の乱に敗れて隠岐《おき》に流され配所の月を眺めたことだ。たしかに、絶海の孤島で、この世は所詮《しょせん》かりそめと観じつつ、波間に煌々《こうこう》と照って、西方浄土への道しるべとなってくれ

＊配所の月―平安時代、後一条天皇の寵臣だった源《みなもとのあき》顕基《もと》が言った「咎《とが》なくて流罪とせられて配所にて月を見ばや」（江談抄《ごうだんしょう》）をさしたもの。この感覚は一つの美意識として後代の人々の共感を得、繰り返し語られ想起された。

る秋の月を眺める院の姿が浮かぶ歌でもある。「配所の月」*の美意識もあるのか、院は以前から配流《はいる》を夢想していたとも言われるくらいだ。

ところで、この歌には本歌がある。「西の海立つ白波《しらなみ》の上にして何過《なにす》ぐすらむ仮のこの世を」（新古今集・神祇《じんぎ》）という宇佐八幡《うさはちまん》の神詠で、左注に称*《しょう》徳《とく》天皇の御代に豊前国《ぶぜんのくに》、今の大分県の宇佐《うさ》八幡宮に使者として来た和気清麻呂《わけのきよまろ》に託宣《たくせん》した歌だとある。この歌で不安定な海の上に過ごしているのは、はかない世と悟らず天皇の寵愛を背景に権勢をふるう道鏡《どうきょう》とも、その意のままになる称徳天皇とも、世の成り行きを憂《うれ》う宇佐八幡自身とも取れるが、ともあれ政治性*の強い歌である。後鳥羽院はこの神詠をふまえつつ、かりそめの世と、それを照らす月を対比的によんでいる。本歌の政治性を考えれば、この歌ではなぜ不当な者たちが力を持つかりそめの世に、月は清々《すがすが》しく照っているのか、といぶかしむようでいて、実は昔*のすぐれた治世を映す鏡にもたとえられる月、そして天照大神《あまてらすおおみかみ》にもたとえられる月は、頼もしいものとして眺められているのだろう。この歌をよんだ当時の院は、決して配流など夢想してはいなかった。後にはこれが予言の歌に見えてしまったとしても。

*称徳天皇―奈良時代の女帝（七一八―七七〇）。僧道鏡を寵愛して法王の位を与え、偽の宇佐八幡の託宣に従って皇位を継承させようと考えるが、宇佐八幡に再度神意を尋ねたところ皇位継承は不可という託宣が下った。

*政治性の強い歌―延慶本『平家物語』第三末では、宇佐八幡が、西海の周防灘のほとりに鎮座するのを嘆いた歌とする。託宣歌のパターンとして、神が自身の窮状を訴えるものがあるので、本来はそうとらえるべき歌なのかもしれない。

*昔のすぐれた治世を映す鏡―定家が初学百首でよんだ歌に「秋の夜の鏡と見ゆる月影は昔の空をうつすなりけり」があるが、これは月が昔のすぐれた治世（高倉天皇の治世）を照らしている、という意だとされる。

29

片削《かたそ》ぎのゆきあひの霜《しも》のいくかへり契《ちぎり》かむすぶ住吉《すみよし》の松

【出典】続後撰和歌集・神祇・五五九、後鳥羽院御集・一七三六

千木《ちぎ》の片削ぎの交《まじ》わった部分の霜が何遍置いては消えたかわからないくらいに、何度ご加護をお願いしてきただろうか、年を経た住吉の松よ。

【詞書】建保三年五首歌合に、松経年

＊千木の片削ぎ―社殿の棟《むね》の両端に左右から交差して突き出している木で、斜めに削いで残されている部分。

この歌は、住吉明神の神詠《しんえい》「夜《よ》や寒き衣《ころも》や薄き片削《かたそ》ぎのゆきあひの間《ま》より霜や置くらむ」（新古今集・神祇）を本歌とする。神詠は、夜が寒いのか、私の衣が薄いのか、それとも社殿の千木《＊ちぎ》の片削ぎの交わっている隙間から漏れて霜が置いているのか、と社殿が朽《く》ちていることを帝王に訴えた歌という伝承を持つ。少々情けない歌だが、神は自らの窮状や願望を歌や託宣《たくせん》で訴え、それを聞き届ける帝は神の加護を受ける、それが神と帝王との関係の一

つのパターンであった。また、住吉明神は和歌や航海の神だが、*「むつましと君は白浪《しらなみ》みづ垣の久しき代より祝ひそめてき」（新古今集・神祇）とよむように、久しい昔から皇室を守護する神だと自ら宣言する神でもあった。

後鳥羽院の歌は「夜や寒き」の本歌に、源俊頼《としより》の*「いく返り花咲きぬらん住吉の松も神代《かみよ》のものとこそきけ」（金葉《きんよう》集・雑上）を念頭に置き、松に託して住吉の神への信仰と加護の期待をよんだものだが、この背景には、29歌がよまれた歌合開催の前年に住吉社の遷宮《せんぐう》がおこなわれたことがあると考えられる。社殿の造営修理をおこなうことは、社殿が朽《く》ちたと訴える歌をかつてよんだ住吉明神の神意に叶《かな》うことである。後鳥羽院としては遷宮で善行を積んだことをアピールし、その永遠に変わらぬ加護を期待したものだろう。

この歌がよまれたのは、建保三年（一二一五）六月に催された「院四十五番歌合」だが、この歌合は小規模で、同年に内大臣家や内裏《だいり》でおこなわれた和歌の催しにくらべると目立たない催しだった。だが、後日、院みずからが判詞を執筆し、一ヶ月後には院の勅命で鎌倉幕府の将軍源実朝《さねとも》のもとに贈られていることから考えると、少なくとも実朝を意識した歌合として、後鳥羽院にとっては重要な意味を持つものだったに違いない。

＊むつましと君は白浪……——「白浪」に「知ら」ずの意が掛かる。また、「みづ垣」は「久しき」の枕詞となる。親しいのだとあなた様はご存じないでしょうね、白波のかかるほど海の近くにいる私は、遠い昔から皇室の繁栄をお祈りしているのですよ。

＊いく返り花咲きぬらん……——まれに花が咲くという松が何回咲いたことだろう。この住吉の松も神代からのものと聞いている、の意。

そういう目でこの歌合を眺めると、実はいろいろと面白いことがわかってくる。出詠者は、昔日《せきじつ》の新古今時代に院周辺で活躍した歌人たちに加え、実《さね》朝《とも》の義兄にあたる院の近臣坊門忠信《*ぼうもんただのぶ》が入っている。また、歌題は四季と雑《ぞう》の結題《むすびだい》で設定されており、後鳥羽院の趣向を強く反映し、しかも晴《はれ》の要素の強い新古今撰集期の歌合によく見られたものであった。さらに注目すべきは、後鳥羽院の五首が相手の慈円にすべて勝っていることである。たとえ主催者であっても出詠歌がすべて勝つのはかなり珍しい。しかも、院の歌に限ってはその勝負付《づけ》に至る判詞も変わっていた。たとえばこの「松、年を経る」の判詞を見てみよう。衆議では後鳥羽院側の左方が下句を「げに聞き慣れて侍り」と自ら難じ、右方の慈円の詠「君が代の千歳《ちとせ》にあまる末までも色変はらじと松の言ふなる」を「尤《もっと》めづらしく侍り」として勝たせようとするが、慈円側は自ら結句の「松が言うのが聞こえる」という会話のような表現を難じ、左の後鳥羽院詠に勝を与えている。一事が万事このような調子で、慈円の歌をほめつつも結局院の歌が勝つという判詞なのだ。この歌合は明らかに、後鳥羽院色を強く出した、そして院が素晴らしい歌人であることと、住吉の神にも加護される治天《ちてん》の君であることが読み手の実朝に存分に感

＊坊門忠信―実朝の正妻は坊門大納言信清の娘で、忠信の妹に当たる。

じられるよう、企画段階から練られた歌合なのである。

もともと、鎌倉の若き将軍実朝が和歌を好み都への憧憬《しょうけい》の念を強く抱き、自身に対して篤《あつ》い忠誠心や畏敬《いけい》の念を持っていることを、「山は裂《さ》け海はあせなむ世《よ》なりとも君にふた心わがあらめやも」*などの歌から、後鳥羽院は明らかに知っていた。院はこの歌合を贈ることで、そんな実朝の心情をうまく利用し、実朝に、自分への畏敬の念をより抱かせる一助としたのだろう。

最後に気になる点をひとつ。『続後撰集《しょくごせんしゅう》』には、この歌の前に「松に寄する祝」の題で実朝の「行く末も限りはしらず住吉の松に幾世《いくよ》の年か経ぬらむ」*が入集する。長寿の松の永続性に、住吉の神の久しい繁栄への祝意を込めた賀の歌だが、不定の数を示す接頭辞「幾《いく》」に係助詞「か」を用いた下句の措辞《そじ》は、後鳥羽院のこの歌と似てはいないだろうか。実朝の歌は、自撰の『金槐和歌集《きんかいわかしゅう》』に入集するので、この歌合以前によまれたもの。後鳥羽院が実朝の歌にどのくらい関心があったかはわからないが、もし、この歌のことを知っていて歌題も設定し、わざわざ似たような措辞《そじ》でよみ、しかも住吉の神と直接約束を交《か》わす立場であることを暗に誇っているのだとしたら、なかなか細工を凝らした歌だといえよう。

＊山は裂け……──建暦三年（一二一三）に成立した実朝の自撰家集『金槐和歌集』に収められる。その詞書によると、後鳥羽院から親書をもらったときに感激してよんだ歌で、どんなことが起ころうとも上皇を裏切るようなことはない、という意の歌。

＊行く末も……──将来も限りなく長寿を保つだろう住吉の松に、いったいどのくらいの年月が過ぎていっているのだろう、の意。

30

思ひのみ津守《つもり》の海人《あま》の浮《う》けの緒《を》の絶《た》えねばとてもよる方《かた》もなし

【出典】続後撰和歌集・恋一・六六二、後鳥羽院御集・五七八

津守の漁師の、浮子《うき》を付けた綱の綱は、切れていないとはいっても、それを縒《よ》り合わせる方法もない。思いばかりが積もり、でも思うことをあきらめないからといっても、あなたに寄るすべもない。

建保《けんぽう》四年（一二一六）、後鳥羽院は久々に百首歌を主催する。実に十五年ぶりの応制《おうせい》百首である。このころ、和歌活動の中心は順徳《じゅんとく》天皇の内裏《だいり》歌壇に移っており、前年には内大臣家や内裏で百首歌の催しが相次いだ。院もこうした活動に久しぶりに刺激されたのだろう。出詠者に「地歌《じうた》*を交えず、ことごとく秀歌とせよ」との条件まで出し、意気込んで取り組んだ百首である。後鳥羽院のこの百首は、『万葉集』の歌をあからさまにふまえた歌が多い

【詞書】百首歌めしけるついでに

【語釈】○津守―摂津国の歌枕。○浮けの緒―網を浮かせるブイの類。○とても―といっても、の意。

*地歌―特に趣向を凝らさず、普通によむ平凡な歌。

ことを最大の特徴とする。この歌も巻十一の作者未詳の*寄物陳思《きぶつちんし》歌「*住吉《すみのえ》の津守網引《あびき》の浮《う》けの緒の浮かびかゆかむ恋《こ》ひつつあらずは」を本歌とし、「津守」に思いが積もる意の「積もり」を掛け、第三句までを「絶え」の序詞とする。綱を「縒《よ》る」と、思いを寄せる人に「寄る」も掛詞だ。技巧を凝らし、『万葉集』を取ったことがすぐわかるような「浮けの緒」という言葉を用いつつ、思いは募るが相手に近寄る方法もないという、恋の初めのどうしようもない感情をうまくよんだ一首である。

当時、内裏歌壇では『万葉集』の摂取が流行していた。院もその流行に乗っているのだろう。だが、『新古今集』賀の巻頭歌に据えた仁徳《にんとく》天皇の「高き屋《や》に登りて見れば煙《けぶり》立つ民《たみ》のかまども賑《にぎは》ひにけり」を本歌とする、

　*見わたせば村の朝《あさ》けぞ霞みゆく民《たみ》のかまども春にあふころ

がこの百首の最後にあるのを見るとき、後鳥羽院が『万葉集』に代表される古代――仁徳天皇が*国見によって民の困窮を知り、課役を免除したおかげで翌年民が富み国が栄えたという、帝王が民の思いを汲んでよりよい政治をおこなっていた時代――を志向する強さに気づくのだ。久々の百首歌にも、かたちにはあらわれないが、現実へのやるかたない不満が影を落としている。

百首歌の場合、本来はところどころ地歌をまじえて、秀歌を引き立たせるようによむべきだとされる。

*寄物陳思―物に寄せて思いを陳べる歌。物によそえて心情をよむ。

*住吉の…―住吉の津守の地引き網の綱に付いている浮子《うき》の緒のように、浮かれるようにさまよいまわろうか、恋し続けるくらいなら。

*見わたせば…―見わたしてみると、朝明けの村は春霞と炊煙に霞んでいる。豊かな生活を送り、煙を立たせている民の竈《かまど》にも平和でのどかな春がやってきたころだなあ、の意。

*国見―15の脚注参照。

31

たらちねの消えやらで待つ露《つゆ》の身を風より先にいかで訪《と》はまし

【出典】吾妻鏡・承久三年七月二七日条、増鏡・第二「新島守」

年老いた母君の、亡くならずに都でわたしのことを待っておられるその露のようなはかない御身を、無情の風が吹いて散らす前に、何とかしてお会いしたいものです。

【語釈】○たらちねの―本来、母や親にかかる枕詞だが、ここでは母親そのものを表す。○いかで―何とかして。どうにか。

夢はあっけなく潰《つい》えた。承久三年（一二二一）五月、後鳥羽院は長年抱いていた現状への不満を打破するため、王政復古をめざして倒幕の兵を挙げたが、わずか一ヶ月で幕府軍の前に敗北した。いわゆる承久《じょうきゅう》の乱である。

後鳥羽院は乱後の七月八日に離宮の鳥羽殿で、我が子道助《どうじょ》法親王を戒師《かいし》として出家、十三日に隠岐《おき》に配流されることが決まり、その日のうちに鳥羽殿を発って二週間ほどで出雲国《いずものくに》大浜湊《みなと》へ着く。『吾妻鏡《あづまかがみ》』*によれば、この「たらちねの」の歌は、そこから舟に乗る際、帰洛《きらく》する随行の者に託して、都にいる母の七条院に宛てた歌だという。海に隔てられた孤島に渡れば、いつ戻れるかもわからない。何とかひと目、年老いた母に会いたい。その切実な思いがこの歌をよましめたのだろう。初句の「たらちね」は枕詞から生じた語で母の意。はかないものの代表である「露」にたとえることで、その身の無常であることを強調し、「露」の縁《えん》でそれを散らす「風」、「消え」の語をよむのが修辞だが、一首の眼目は結句の「いかで訪はまし」にあるだろう。願望の叶いがたいことを予期しつつ、それでも、と思うところが切ない。

一方、『増鏡《ますかがみ》』第二「新島守《にいじまもり》」では、隠岐配流から一年ほど経った初秋、都から届けられた七条院の手紙に、何とか死ぬ前にひと目会いたい、と乱《みだり》心地《ごこち》のまま書いてあったのを見て、手紙を顔に押し当てて泣いた院が、

　八百《やほ》よろづ神《かみ》もあはれめたらちねの我《われ》待ちみむと絶えぬ玉の緒

の歌とともにこの歌をよんだとする。『増鏡』の記述では、母の思いを受けての歌ということもあって、どちらか一首だけではやや感動が薄れる気がする。だからたたみかけるように二首あるのだろう。

自らの行動が招いた結果とは言え、親子の切ない今生《こんじょう》での別れであった。

＊吾妻鏡―歴史書。治承四年（一一八〇）の以仁王《もちひとおう》の挙兵から、文永三年（一二六六）の鎌倉幕府六代将軍宗尊《むねたか》親王の解任・帰京までの幕府の事績を、変体漢文で編年に記したもの。

32

霞《かす》みゆく高嶺《たかね》を出《い》づる朝日影《あさひかげ》さすがに春の色を見るかな

【出典】遠島百首・春・一

霞んでゆく高い峰からのぼってきた朝日の光がさしこむ。都から遠く離れたこの隠岐であっても、さすがに春の色は至らぬ里がないというとおり、その景色には春の訪れの様子を見ることだなあ。

承久の乱後、もっとも早い時期に隠岐《おき》でよんだと推定される「遠島百首《えんとう》*」の巻頭歌である。後鳥羽院が好んだ春霞《はるがすみ》のかかる山や朝日を歌材とし、上句でまずうららかな春の情景を描く。そして、「朝日影さす」の「さす」と掛詞《かけことば》となる「さすがに」という副詞を要《かなめ》に置いて下句につなぐ。下句は『古今集』の「春の色の至《いた》り至らぬ里はあらじ咲ける咲かざる花の見ゆらむ」*（春下・読人しらず）を念頭に置いており、隠岐の里にも春が来た感慨をよ

＊遠島百首―この百首は、現在伝わっている本文に大小あわせて多くの違いがあり、特に六首の差し替えと十三首に大きな改変が見られる一類本と二類本では、その相違部分から醸し出される印象が異なっていて、院がどういう意図を持って

む。隠岐西ノ島には高い山もあるから、これは実景なのだろう。上下いずれも春ののどかな様子をよむのだが、問題は、百首の附注本にも「さすがに春のと云《いふ》所《ところ》肝要《かんやう》なり」とあるように「さすがに」という部分にある。

「さすがに」は前述の内容を前提として認めつつ、それと矛盾する事態が展開していると理解したときに用いる副詞で、ふつう「そうはいってもやはり」と訳す。また、前提に対して期待に背《そむ》かずに、という意もあり、この歌ではその両方の意が込められている。この歌の場合、前提となるのは上句で詠まれた情景ではない。『古今集』の歌とともに、じつは都から配流され隠岐にいるという周知の事実が前提なのだ。その前提があってはじめて、最初に掲げたような訳が可能になる。つまり、この「さすがに」は、この歌をよむ人物が今までとは一変した状況にあることを一語で読者に示すのと同時に、後鳥羽院自らが、この百首を、境遇の激変した治天《ちてん》の君の歌として読まれることを前提に歌をよんでいた証左でもある。

この百首は、隠岐の院の孤独で寂しい生活が率直によまれた実情実感の歌だと評されるが、それは前提に大きく依存した、このような歌のよみ方によるのである。この巻頭歌は、副詞一つでそれを示している。

百首を改訂したのか、その本の先後関係などが問題となっている。

＊春の色の……―春の色はすべてに至って、至らぬ里もあるまいに、どうして咲いている花や咲かない花があるのだろう。「春の色」は漢語からの表現で、春の空気、光、景色など春の雰囲気のことをいう。

33

遠山路《とほやまぢ》いく重《へ》も霞《かす》めさらずとて遠方人《をちかたびと》の訪《と》ふもなければ

【出典】遠島百首・春・一〇

都を遠くへだてる山道よ、幾重にも霞んでしまえ。霞まなかったからといって、遠方の人々がここまで訪ねてくることもないのだから。

引き続き「遠島百首」から、春二十首中の一首。都をめぐる院の愛憎半《あいぞうなか》ばする思いがにじんだ歌である。遠くから続く山道は、余所《よそ》へとつながる希望の山道でもあるが、それを霞が遮《さえぎ》ってしまえというのは、どうせ誰も訪ねてくれないと思うからである。たとえば、大原の*寂然《じゃくぜん》が雪の朝よんだ「訪ね来て道わけ侘《わ》ぶる人もあらじ幾重《いくへ》も積もれ庭の白雪」（新古今集・冬）は、この歌と同工異曲《どうこういきょく》だろう。いや、寂然の歌は「あらじ」という推測にとどま

【語釈】○さらずとて―そうではなかったといって。「さ」は前を承ける指示語。

*寂然―唯心房《ゆいしんぼう》と号した平安末期の歌僧。大原に隠棲し、兄の寂念、寂超と共に常磐三寂《ときわさんじゃく》と呼ばれた。この雪の道をわざわざ苦労し

るし、ならば雪がどんどん積もった方が風情《ふぜい》も出るというわけだが、院の歌は、訪れはないに決まっている、と投げやりである。それは、自分が今隠岐《おき》にいるという前提に立つからだ。都人《みやこびと》はこんな遠方の地まで訪ねてなど来ない、だから霞もうが霞むまいがかまわない、そんな気持ちなのだろう。

　都人が来ない絶望感は、「訪《と》はるるも嬉しくもなしこの海を渡らぬ人の*無《な》げの情《なさ》けは」という歌では、より直接的で辛辣《しんらつ》でさえある。一方、都への募《つの》る思いを正直にうたった「いたづらに恋《こ》ひぬ日数《ひかず》は巡《めぐ》り来ていとど都は遠ざかりつつ」という歌もあった。切実な心情をよみながら、巡《めぐ》る日数と遠のく都を対比的によむところに、自虐《じぎゃく》的な諧謔《かいぎゃく》も感じられる。

　遠い都を思うことは、在京時に見た数々の行事や光景を思い出し、同時に今のわが身の状況を再認識することにもつながる。――「*今日とてや大宮人《おほみやびと》の替へつらむ昔語りの夏衣《なつごろも》かな」。都への思いはまた、「古《いにしへ》の契りも空《むな》し住《すみ》吉《よし》やわが*片削《かたそ》ぎの神と頼めど」と、都で熱心に加護を祈った神々への絶望にも通じる。この百首は、遠く隔《へだ》たった都への複雑な思いを、読む者に痛感させる歌に満ちているのである。

て分けて来る人はあるまいとうたう。

*無げの情け―「無げ」は無さそうに見えるさま。上《うわ》っ面《つら》だけの情けを言う。

*今日とてや…―今日とは四月一日の衣替えの日。出家して良然《りょうぜん》と名乗った僧である自分には、衣替えはもはや無縁だと恨む。

*片削ぎ―片側の端を削ぎ落とした神殿の千木《ちぎ》。「片」に「方」を掛ける。

34

あやめふく茅《かや》が軒端《のきば》に風過ぎてしどろに落つる村雨《むらさめ》の露《つゆ》

【出典】玉葉和歌集・夏・三四五、遠島百首・夏・二五、増鏡・第二「新島守」

菖蒲《あやめ》を差した茅葺きの軒端に風が通りすぎて、ぱらぱらと乱れ落ちるにわか雨の滴。

【詞書】百首御歌の中に

『増鏡』第二「新島守」は、隠岐での後鳥羽院のわび住まいの様子や心情を、『源氏物語』須磨巻をふまえながらしみじみとした筆致《ひっち》で語っている。この歌は「夏になりて、かやぶきの軒端に、五月雨《さみだれ》のしづくいと所せき*も、御覧《ごらん》じなれぬ御心地に、さま変《かは》りて珍しくおぼさる」の一文とともにそこに引かれる一首である。季節は夏、端午《たんご》の節句のころ邪気《じゃき》を払うために軒には菖蒲《しょうぶ》が差してある。狭い謫居《たっきょ》で、そんな軒端*の菖蒲やぱらぱらと乱れ落ち

*所せき—せまく感じる意だが、ここでは滴が絶え間ない様子をいう。

*軒端の菖蒲—後鳥羽院の初期の作品に「夕風は花たち花に香りきて軒端のあやめつゆさだまらず」（後鳥羽

てくる滴《しずく》を珍しげに眺めてよんだという『増鏡』の描写は、配流《はいる》の憂き目に遭わなければ体験することも実感することもなかったであろう、日常の些細《ささい》なできごとに目を向けてしまう後鳥羽院の今の様子を見事にとらえている。

「遠島百首」の一首であるこの歌が、感傷的な筆致を好む『増鏡』の説明のように、実際に落ちる滴《しずく》を見ながらよまれたかは定かでない。が、この歌はやはり院の体験や実感の上に成り立ったものだろう。軒の滴や差した菖蒲を「しどろ」、すなわち秩序なく乱れているとよむ歌は先例*がないわけではなかったし、「しどろ」の語を用いて茅《かや》や薄《すすき》の乱れる様子などをよむ歌も少なくはなかった。だが、雨の滴が風で軒端からぱらぱらと落ちる様子をじっと観察し、それを眺めながら千々《ちぢ》に乱れて泣いているさまもほのかに感じさせるような、実景と心情とをこのように重ね合わせた歌は、やはり隠岐のわび住まいだからこそよめたのではなかろうか。

隠岐での生活は、院をこの上ない苦しみや辛さ、あるいは焦燥感や絶望感で苛《さいな》んだが、それを体験して都とはまた違う歌境を手に入れたという点で、歌人としては得ることもあっただろう。それが院自身の望むところではなかったにせよ……。

院御集・正治二年九月仙洞十人歌合「菖蒲」題・一四八七）という菖蒲をふいた軒端をよんだ歌がある。風・橘の香・菖蒲・露と盛りだくさんの素材で、掛詞の趣向も凝らすが、情景が浮かびにくく、うまい歌とは言えないだろう。

＊先例―「玉水《たまみづ》の軒もしどろのあやめ草五月雨《さみだれ》ながら明くる幾日《いくか》ぞ」（正治二年二月左大臣家歌合・定家）など。

35

我《われ》こそは新島守《にひじまもり》よ隠岐《おき》の海の荒き波風《なみかぜ》心《こころ》して吹け

【出典】遠島百首・雑・九七、増鏡・第二「新島守」

私こそは、この島の新しい島守だ。隠岐の海の荒い波を立てる烈《はげ》しい風よ、気をつけて吹けよ。

【語釈】○島守―島を守る番人。○隠岐―島根県の北東に位置する隠岐諸島。隠岐島。

隠岐《おき》の海を吹き荒れる風に向かってこのように呼びかける後鳥羽院の姿を想像してみよう。その姿は、私はこの立場に馴《な》れていない新参者の島守なのだから静かに吹いておくれ、と懇願・哀願するものなのだろうか、それとも、この私が新しい島守なのだから荒くなど吹くな、気をつけて吹けよと命じているものなのだろうか。右の歌は、後鳥羽院が隠岐でよんだ歌の中で、おそらく最も知られた歌だろう。が、後鳥羽院がどのような心情でこの歌をよんだか、となると、この二つの解釈で違いが出てくるのである。

前者のそれは、「遠島百首」をはじめとする隠岐でよまれた和歌から読み取れる、自嘲《じちょう》を込めた絶望感や、哀切な感情などを基調とする解釈である。この歌は「遠島百首」の一首であり、前後に収められる、

思ふらむさても心は慰《なぐさ》むと都鳥《みやこどり》*だにあらば問はまし

とへかしな大宮人《おほみやびと》のなさけあらばさすがに玉の緒絶《をだ》えせぬ身を

などの歌から判断しても、哀願する歌と取るのが妥当だというものだ。実際、隠岐でよんだ他の歌にもかつての治天《ちてん》の君としての気概を示すような歌はなく、まして配流当初にこの歌をよんだ院の感慨としては、懇願・哀願以外にはあり得ないのである。『増鏡』第二「新島守」も、「はるばると見やるる海の眺望、二千里*の外も残りなき心地《ここち》する。今更めきたり。潮風のいとこちたく*吹きくるを聞《きこ》しめして」と、『源氏物語』須磨巻の光源氏の感慨を重ねて哀感を漂わせつつ隠岐での院の心情を語り、そこにこの「我こそは」の歌を挙げている。こう描くなかにあれば、やはりこの歌は、この地にまだ馴れぬ自分のために静かに吹くよう風に頼んでいるという風情がふさわしいだろう。そして、少なくとも『増鏡』の作者は、そのように歌を理解してい

＊都鳥―『伊勢物語』の昔男が隅田川で詠んだ「名にし負はばいざ言問《こと》はむ都鳥わが思ふ人はありやなしやと」を踏まえる。

＊二千里の外―「三五夜中新月の色、二千里の外故人の心」（和漢朗詠集・月・白楽天）をふまえた表現。懐しい友のいる二千里のかなた。

＊こちたく―たくさん、ひどく。

たわけである。

ではなぜ、王の気概を示すといった後者のような解釈が生まれたのか。それは、軍事政権を相手に実力行使に及び、敗れて配流されたものの、都に戻る意欲も気概も失わず、存命中から怨霊《おんりょう》となったとまでいわれた、後鳥羽院の強い側面を重視したイメージを一首に読みとろうとするからだろう。室町期に付された「遠島百首」の注もそれを後押しする。注は、この歌は隠岐国を訪れた藤原家隆《いえたか》（実際には来ていない）が帰京する際海風が荒く吹いたので、院が「我こそ新島守となりて有れ共《ども》、など科《とが》なき家隆を波風心して都へかへされぬ」という思いでよんだもので、その結果「俄《にはか》に風しづまりて家隆卿都へ帰られしとなり」とするものである。それが、この島を守る者として誰か他人のために海風に命令する意識、治天の君であった自分は手強《てごわ》いぞと気迫を示すよみぶり*の一首という解釈を、後世に生む一因となったのである。

さらにまた、この歌によまれる言葉や表現が、もともと両様の解釈を可能にした面もある。初句の「我こそは」は、取り立てて自分であることを強調する言い方である。その表現は、他でもない治天の君だった自分が、という

＊気迫を示すよみぶり―ただ、この注は次のようにも解釈できよう。にわかに海風が鎮まったのは、かつての王が臣下のために懇願することへの同情心によるものだというように。その場合は、気迫を示すとは考えられな

意識にもとづく。ただ、その意識は「だから配慮してくれ」に働いても、「だから手強いのだぞ」となっても問題はない。また「心して」も、気*をつけてほしいと願う歌もあれば、「*君すめば濁《にご》れる水もなかりけり汀《みぎは》の鶴《たづ》も心してゐよ」と命令する口調で解釈した方がよい歌もある。

「新島守」も同様だ。「島守」の語は『万葉集』から見え、辺境警備の兵をいう。家*隆の歌にも「新島守」に武士の意の「もののふ」を冠したものがある。一方で、平安末期に成立した歌学書『袖中抄《しゆうちゆうしよう》』には島*の神の意があったとする。この歌で、「新島守」を新参の辺境警備の兵としてよんだと取れば、自嘲気味にそう言いなすことで、激変した辛い立場を示し、穏やかに吹いてくれ、ということになろう。一方の、島を守る神という意ととれば、自分が今度は新しい島の神であるぞ、だから気をつけて吹けとなるだろう。

このようにどちらにとっても解釈可能な表現が、後世の強い後鳥羽院のイメージで読まれると後者の解釈を生み出すのである。後世の人間としては、どうしても王の気概を示す方に読みたくなるが、後鳥羽院自身は、まさかそのように受け取られることになるとは思ってもいなかっただろう。

いだろう。

＊気をつけてほしいと願う歌―「夏衣《なつごろも》まだ一重《ひとへ》なるうたたねに心して吹け秋の初風」（拾遺集・秋・安法《あんぽう》法師）。

＊君すめば濁《にご》れる…―『後拾遺集』賀・小大君《こおほいぎみ》。東宮の住む御所の池なのだから、水辺の鶴も汚さないよう気をつけよ、の意。

＊家隆の歌―「もののふの新島守も心あらば君にかなしき月や見るらん」（壬二《みに》集）。

＊島の神―「佐保《さほ》姫、龍田《たつた》姫、山姫、嶋守、これら皆神也」（袖中抄・八）。『袖中抄』は三百近くの歌語に解説を加えた歌学書。顕昭著。

36

わが頼む御法《みのり》の花の光《ひかり》あらば暗きに入《い》らぬ道しるべせよ

【出典】後鳥羽院御集・詠五百首和歌・雑・一〇九九

私が頼みに思っている法華経《ほけきよう》の光があるならば、煩悩《ぼんのう》の闇に入らないよう、道案内をしてください。

「詠《えい》五百首和歌」は、都の摂政《せつしよう》藤原道家《みちいえ》が、鎌倉幕府に後鳥羽・順徳両院の還京《かんきよう》を提案した嘉禎《かてい》元年（一二三五）三月以降ほどない頃、その動きと何らかの関係があってよまれたかとされる作品である。配流の憂き目にあった悲嘆・絶望・怨嗟《えんさ》などの感情は直接的には*歌わず、伝統的な四季詠や恋歌《こいうた》を中心として最後に神祇《じんぎ》・釈教《しやつきよう》詠を置き、隠岐にかかわる地名もよまないというのがその理由である。隠岐で十四年めを迎えていた後鳥羽院の帰京への思

*直接的には歌わず――たとえば「思へただ苔《こけ》の衣に露置《を》きて寝覚《ねざめ》さびしき冬の夜《よ》な夜な」（冬）は、『源氏物

いは切実だったろうし、鎌倉将軍の父で摂政でもある道家の働きかけということで大きな期待を抱いていただろう。しかし、この還京案は結局、五月には正式に幕府に拒否され、院は二度と都を見ることなく、この四年後に隠岐で六十歳の生涯を閉じることになる。この歌はその雑《ぞう》百首の最後、つまり「詠五百首和歌」の最後に置かれた一首である。『法華経』*化城喩品《けじょうゆほん》の一節をよんで有名な、和泉式部《いずみしきぶ》の「暗きより暗き道にぞ入《い》りぬべきはるかに照らせ山の端《は》の月」（拾遺集・哀傷）をふまえ、頼みにする『法華経』を道しるべに煩悩《ぼんのう》から抜けだそうという意欲を示したものだ、と一応は言えよう。

　ところで、この歌は雑部《ぞうぶ》の釈教歌群十七首の最後の一首でもあるが、この釈教歌群は、神祇歌群十首をあいだに挟み、その前に十六首、最後にこの一首というアンバランスな構成になっている。十首の神祇詠では、苦境にある今、賀茂や熊野、住吉など諸神への頼みがむなしかったことをよむ一方で、

　あはれ知れ神の恵《めぐ》みは知らねども伊勢まで猶《なほ》もかくる頼みは

　折りしかむ旅寝《たびね》もつらし波枕《なみまくら》名はむつましき伊勢の浜荻《はまをぎ》

と、皇祖神《こうそしん》の伊勢にだけは、配所での辛さを訴え、頼みをかけ、親しく甘える歌をよんでいる。あたかも自らが皇孫《こうそん》であることをアピールし、暗に鎌倉

語』朝顔巻で、光源氏が冥界での苦しみを訴える藤壺宮を夢に見て起きた折によんだ「解《と》けて寝ぬ寝覚《ねざめ》さびしき冬の夜《よ》に結《むす》ぼほれつる夢の短さ」をふまえながら、苔の衣（僧衣）をまとう自分の配所でのわびしい独り寝をほのめかす。『遠島百首』の時の悲嘆を訴える歌とはずいぶん違うよみかたである。

＊『法華経』化城喩品の一節
—「冥《くら》きより冥きに入《い》りて、永く仏の名《みな》を聞かざりしなり」。

方がおこなった上皇配流《じょうこうはいる》という行為がいかに畏《おそ》れ多いことかを認識させる意図でもあったかのようなよみ方である。

神祇詠の前に置かれる十六首の釈教歌群では、この世が憂き世で無常であり、仮の宿りに過ぎないと悟ったとよむ歌が続く。そして、そう悟って仏道を求めるものの悟りきれずになお迷い、仏と自分との距離の遠さを自覚する。それでもなお仏を頼むしかないと理解し、いつかは迷いから抜け出て悟りに入れるだろうとも思うのだが、頼むべき仏も、結局は自らの悟りがたさを嘆いて述べる相手ではないという、揺れる心がよまれている。ここにあらわされる、出家し仏道に心寄せながらも身をゆだねきれない姿というのも、配流した鎌倉側や都人たちにはインパクトが大きかったろう。院がこんなにも悟りを求めながら煩悩の闇に沈んでいるのは帰京できないからだ、となれば、以前からささやかれている怨霊説も手伝って、還京という方向に動くのではないか。そんな打算もあったかもしれない。

そして神祇詠をはさんで一首だけ最後に置かれたのがこの釈教歌である。先に見たように、いまだ悟りがたい身ではあるが、ありがたい『法華経』の教えに導かれて煩悩の闇から抜け出そう、とよむ前向きな歌だが、問題なのは「光あらば」と仮定表現でよむところだ。もし光があるならば、というのだ。院にとって、『法華経』の光が煩悩の闇を照らしてくれることは、疑いない事実ではないのだ。これは、『法華経』の導きを切実に願ってはいるが、まるまる身を委《ゆだ》ねられないがゆえの仮定なのである。それは、院が「暗きに入」る可能性を深く自覚しているからであろう。

承久《じょうきゅう》の乱に敗れ、失意のうちに出家した後鳥羽院が、隠岐で新たに力を注いだのは仏道修行くらいだった。都での多芸多才ぶり、物事へののめり込み方から考えれば、院は熱心に仏道の教義を会得《えとく》しようと学び、学んで多くを理解し、あらゆる方法を実践しただろう。それは、*釈教詠に自ら解釈をつけるという態度や、隠岐での信仰を語るさまざまな説話から想像できる。

ただ、後鳥羽院は、たとえどれほど教義に通じようとも、またそれを実践しても、いや、すればするほど、理解はできてもなお煩悩を捨て去ることができないことを、在島期間が長くなればなるほど暗く自覚していったのではないだろうか。それが、この歌にはあらわれているように思われる。

＊釈教詠に自ら解釈―嘉禄二年（一二二六）四月に自詠二十首を十番の歌合に仕立て、都の藤原家隆に送って付判させたもの。そのなかの『法華経』の法文《ほうもん》歌をあわせた十番で、自らどういう意図でよんだのかを解説した左注がある。

37

軒端《のきば》荒れて誰《たれ》か水無瀬《みなせ》の宿の月すみこしままの色やさびしき

【出典】遠島歌合・七十三・山家、増鏡・第三「藤衣」

軒端が荒れてしまったあの水無瀬殿に照る月を、今ごろ誰がいったい見ているだろうか。わたしが昔見たときのまま、月は澄《す》んでいるままだろうが、その色はさびしいのではなかろうか。

【語釈】○誰か水無瀬の―「水無瀬」に「見《み》」る意が掛かる。○すみこしまま―長年住んできたまま、の意と、ずっと澄んだままで、の意が掛かる。

都に戻れぬ後鳥羽院がもっとも執着した場所、それは水無瀬だった。この歌は、その遠い水無瀬を思いやった歌で、嘉禎二年（一二三六）七月に院が隠岐で判を付して作品にした「遠島歌合」での一首である。

『増鏡』第三「藤衣《ふじごろも》」では、後鳥羽院が都での吉凶さまざまなできごとを風聞するにつけ、長い年月、嘆きを重ねてきたその慰《なぐさ》めにと、都の歌人に歌を召したところ、昔を忘れがたく院を恋い慕う者が我も我もと歌を奉ったとある。実際、この歌合は、家隆、秀能《ひでよし》、源通光《みちてる》など新古今時代の歌人を含む十五人の歌人がよんだ十題十首に自身の十首をあわせ、八十番の歌合に仕立てた盛大なものだった。実はこの歌合は、後鳥羽院が、老齢の家隆*存命のうちに、在京中も隠岐配流後も変わらぬ忠誠を尽くしてくれたことへの感謝をこめ企画したものだった。だからということもあるのだろう、後鳥羽院は自詠を家隆と合わせた十番中、家隆に勝三、持《じ》(引き分け)六を与えている。だが、この歌の番のみ、「いまだ見ぬを思ひやらんよりは、年久しく見て思ひやらんは、少し心ざしも深かるべければ、相構《あひかま》へて一番は左の勝と申すべし」として、自身のこの歌に勝を与えた。対する家隆の歌は、「さびしさは*まだ見ぬ島の山里を思ひやるにもすむ心ちして」という歌で、院のことを深く思いやる家隆の真心《まごころ》が伝わる歌だった。それでも、院は主がいなくなり荒れ果てたであろう水無瀬離宮に、変わらず照る月を想像してよんだほうが、少し思い入れが深いだろうと、勝にしたのだ。

この歌合の二年後、死の床についた後鳥羽院は、死んだら天翔《あまがけ》って水無瀬殿を常に見ようと思う、だからくれぐれも他人に荒らされないようにと、書き置いた手紙の一通にしたため、黄泉路《よみじ》へ旅立っていった。

*老齢の家隆―藤原家隆は当時七十九歳。翌嘉禎三年四月に没する。

*さびしさはまだ見ぬ…―まだ見ぬ遠い隠岐の島を思いやり、想像するにつけても今自分が住むような心持ちがして、それが寂しいことだ。

歌人略伝

治承四年（一一八〇）七月十四日に生まれ、延応《えんおう》元年（一二三九）二月二十二日に六十歳で隠岐で没した。諱《いみな》は尊成《たかひら》。高倉《たかくら》天皇の第四皇子。母は修理大夫《しゅりのだいぶ》藤原信隆《のぶたか》の女《むすめ》殖子《しょくし》（七条院）。寿永《じゅえい》二年（一一八三）秋、平家が安徳天皇と第二皇子の守貞《もりさだ》親王を連れ、三種の神器を奉じて西海に都落ちしたのを承け、後白河院の意向と数回の卜占《ぼくせん》の結果、譲位も神器もないまま第八十二代の天皇に即位する。

建久九年（一一九八）十九歳で土御門《つちみかど》天皇に譲位して院政を開始、その後諸道への関心を深め、特に和歌に熱意を抱きはじめる。正治二年（一二〇〇）の「初度百首」の催しで藤原定家の和歌に接して強い感銘を受け、以後、俊成や定家らに触発され歌人としてめざましい成長を遂《と》げる。院の主宰する歌壇は盛況をきわめ、建仁元年（一二〇一）七月に和歌所を設け、十一月には勅撰和歌集の撰進を定家・家隆らに下命した。『新古今和歌集』と命名されたそれは、実質的には院の親撰に近いもので、元久二年（一二〇五）三月に完成記念の竟宴が催された後も、院の意向で五年近く切継《きりつぎ》を繰り返した。この『新古今和歌集』の改訂は晩年の隠岐でもおこなわれた。

順徳天皇が帝位についたころから、和歌よりも連歌や蹴鞠、武芸、有職《ゆうそく》などへの関心を深め、また東国との軋轢《あつれき》に思い悩むようになる。承久三年（一二二一）、承久の乱をおこすもあっけなく敗退、鎌倉幕府によって隠岐に配流される。在島十九年、帰京叶わず同地で没した。家集に『後鳥羽院御集』、歌論書に『後鳥羽院御口伝』がある。『新古今和歌集』には「太《だい》上《じょう》天皇」として三十四首が入集する。

略年譜

年号	西暦	年齢	後鳥羽院の事跡	歴史事跡
治承 四	一一八〇	1	7・14生　高倉天皇第四皇子	源頼朝挙兵
養和 元	一一八一	2		高倉上皇没　平清盛没
寿永 二	一一八三	4	践祚（翌年即位）	平家都落ち
文治 元	一一八五	6		平家滅亡
建久 元	一一九〇	11	元服	西行没
九	一一九八	19	土御門天皇に譲位	
正治 元	一一九九	20	作歌年代のわかる最初の詠歌	源頼朝没
二	一二〇〇	21	正治初度、後度百首を主催	
建仁 元	一二〇一	22	老若五十首　千五百番歌合 和歌所設置　新古今撰集下命	式子内親王没
二	一二〇二	23	三体和歌	寂蓮没　源通親没
三	一二〇三	24	俊成九十賀屏風和歌	源実朝征夷大将軍
元久 元	一二〇四	25	諸社奉納三十首和歌	藤原俊成没　尾張局没
二	一二〇五	26	日吉社三十首　新古今集竟宴	

			元久詩歌合	
建永　元	一二〇六	27	卿相侍臣歌合	藤原良経没
承元　元	一二〇七	28	最勝四天王院障子和歌	専修念仏禁止令
二	一二〇八	29	内宮外宮三十首　住吉社歌合	
四	一二一〇	31	新古今集切継ほぼ終了	順徳天皇即位
建暦　二	一二一二	33	五人百首	鴨長明・方丈記
建保　三	一二一五	36	四十五番歌合	順徳院内裏名所百首
承久　元	一二一九	40		源実朝没
二	一二二〇	41	内裏御会の詠で定家を院勘	慈円・愚管抄
三	一二二一	42	承久の乱に敗北　隠岐に配流	
貞応　元	一二二二	43	遠島百首このころか	
嘉禄　二	一二二六	47	自歌合（家隆判）	
文暦　二	一二三四	55	時代不同歌合編纂このころか	
嘉禎　元	一二三五	56	詠五百首和歌このころか	定家・新勅撰集、百人一首
二	一二三六	57	遠島歌合（付判も）	
三	一二三七	58	このころ隠岐本新古今和歌集	藤原家隆没
延応　元	一二三九	60	2・22隠岐で没	

解　説　「帝王後鳥羽院とその和歌」――吉野朋美

四の宮から天皇へ

後鳥羽院（一一八〇〜一二三九）は、さまざまな強さを持っていた。それが、彼に数奇な人生を歩ませることになった。

まず、なんと言っても後鳥羽が持っていたのは運の強さだ。源頼政の挙兵に始まる各地の源氏蜂起、福原遷都《せんと》、と動乱の年だった治承《じしょう》四年（一一八〇）に生まれた高倉《たかくら》天皇の第四皇子尊成《たかひら》が帝位に就くなど誰が思っただろうか。しかし、時代状況といくつもの偶然がそれを後押しする。寿永二年（一一八三）七月、挙兵した源氏に圧倒された平家一門は、三種の神器と安《あん》徳《とく》天皇、東宮候補の第二皇子を伴って西国《さいごく》に都落ちしてしまう。天皇不在の都では新帝擁立を決める。後白河法皇がまず年長順に孫の第三皇子惟明《これあきら》親王と対面したところひどく法皇を嫌って泣き、一方第四皇子の尊成親王は人見知りもせず、法皇の膝に乗っかって懐《なつ》いたので、法皇はいたく気に入り、帝位に就《つ》けることとしたという（『愚管抄《ぐかんしょう》』『増鏡』）。また、公卿らの間で議論と卜筮《ぼくぜい》（占い）もおこなわれ、数度の占いの後、第四皇子が「吉《きち》」ということで決着したという（『玉葉《ぎょくよう》』）。覚一本『平家物語』巻第八には、当初は後鳥羽も乳母《めのと》に伴われ西国へ行くはずだったが、すんでのところで乳母の兄藤原範光《のりみつ》に止められたとある。ここまで来ると出来すぎか。――結局尊成は寿永二年八月、数え年四歳で践祚《せんそ》し、帝位に就くこととなった。

ただ、当時は知るよしもなかったろうが、即位したものの、天皇の正統性を証す三種の神器は、平家とともに西走したもう一人の天皇（安徳天皇）のもとにあったこと、元暦二年（一一八五）三月の壇ノ浦での平家滅亡後も三種の神器のうち宝剣が戻らなかったという事実は、長じて後それを知った後鳥羽には暗い影を落としただろう。結局見つからなかったものの、後鳥羽が何度も使者を遣《や》り壇ノ浦に宝剣を探索させているのは、そのあらわれである。

一方で、後白河法皇を中心に内乱の戦後処理が終わり、平家一門などの戦没者や崇徳院怨《おん》霊《りょう》の鎮魂もおこなわれ、鎌倉幕府との一応の協調関係も整えられ、と建久元年（一一九〇）元服後の後鳥羽には、自身の地位を実質的に脅《おびやか》すものは何もない状態だった。このような、皇位継承時の暗い影と在位時の曇りなさ、それらが自分こそが正統な帝王であるという意識の強さ、譲位後に治天《ちてん》の君として発揮される強烈な帝王意識につながったのだろう。

帝王意識と勅撰和歌集

この帝王意識の強さは、建久九年（一一九八）、十九歳の若さで譲位して治天の君となった後、実際の政《まつりごと》のみならず文化的な諸方面、特に和歌に関心を持った時に、実際の権力の強さと共に、大いに発揮されることとなる。後鳥羽院は、和歌をよむことに熱中するばかりでなく、ほどなく勅撰和歌集の撰集を思いつく。和歌は民の心を和《やわ》らげ、君臣が相《あい》和して理想の治世を謳《うた》うものであり、神仏への祈りともなる。勅撰和歌集はその撰集時の治世のすばらしさを体現する一面も持つからだ。自らの地位を脅かされはしなかったものの、はるか東国に強大な権力を持つ存在があることを在位中から意識させられてきた院が、宮廷の伝統に根ざした和歌や勅撰和歌集の、このような政治的側面に気づかなかったはずはない。

しかも当時、これも運の強さによるのか、和歌の世界ではすでに重鎮として尊崇されていた藤原俊成《ふじわらのしゅんぜい》を中心とする新風和歌のグループ、守旧派の六条家を中心とするグループの和歌活動が盛んで、藤原良経《よしつね》を中心とする九条家歌壇、仁和寺の守覚《しゅかく》法親王を中心とする歌壇など、さまざまな場で和歌の催しが活発化していた。勅撰和歌集撰集の土台はできあがっていたのだ。院はそれら全てを統括し、さらに地下《じげ》と呼ばれる低い身分の階層や女性の歌人たちも拾い上げるかたちで歌壇を主宰し、正治二年（一二〇〇）以降、さまざまな和歌の催しを立て続けにおこなう。また、院は『正治初度百首』の催しで初めてふれた藤原定家《ふじわらのていか》の歌にたちまち魅了され、以後定家を自身主催の和歌行事の中心歌人に据える。

『新古今和歌集』の撰集とその後

後鳥羽院歌壇では、定家や良経らのよむ新しい歌風や表現への関心や工夫が皆に共有され、老若で左右を分けた歌合や歌体を詠み分ける歌会など、趣向の凝らされた歌会・歌合が頻繁に催され、歌人たちは秀歌をよむべく切磋琢磨《せっさたくま》した。他にも恋題だけの歌合、歌の善し悪しを九段階に分ける歌会など変わった趣向の和歌行事が頻繁に催されたが、それらはアイディア豊富な院が思いついたものだった。院はいわば歌壇の総合プロデューサーだったのである。建仁元年（一二〇一）に勅撰集撰進を源通具《みなもとのみちとも》・藤原有家《ふじわらのありいえ》・定家・家隆・雅経《まさつね》・寂蓮《じゃくれん》（撰集中に没）に下命《かめい》して後は、撰集の全ての段階に関与し、実質的な撰者として完成をリードした。『古今和歌集』と同じ干支の年にこぎ着けた『新古今和歌集』の一応の完成に際しては、勅撰和歌集完成の竟宴《きょうえん》という前代未聞の祝宴まで開いて、その事業のすばらしさを自ら顕彰する。にもかかわらず、すぐに改訂をはじめ、よりすぐれた理想の集の完成を目指し、承元四年（一二一〇）ごろまで飽きることなく続けるのだった。

『新古今和歌集』に手を入れつつも、後鳥羽院は憧憬する古代の天皇親政の治世を和歌集のなかで構築するだけでなく、現実にそれを成し遂げようと次第に思うようになったようだ。和歌の催しも承元二年ごろから次第に稀《まれ》になり、たまの和歌行事でよむ内容にも、現実へのやるかたない不満が反映している。また、和歌よりも有職故実《ゆうそくこじつ》の研究、蹴鞠、武芸などの諸道に関心を深め実践し、社寺参詣や祈禱《きとう》も頻繁におこなっている。『古今著聞集《ここんちょもんじゅう》』に、水無瀬で自ら強盗を捕縛したという逸話も載る後鳥羽院は、とにかく体も強かった。精力的に諸方面に力を割《さ》けるその体の強さも手伝って、院の帝王意識の強さ、理想の治世実現への希望は現実に向いたのだろう。やがて、院は倒幕の意志を固め実行する。承久三年（一二二一）の承久《じょうきゅう》の乱である。

乱のそもそものきっかけは、その前々年の正月に、後鳥羽院をひたすら畏敬し、忠誠を誓っていた三代将軍源実朝《みなもとのさねとも》が暗殺されたことによる。源氏の正統が絶えてから、幕府の実権を握る執権北条《ほうじょう》氏と院との関係は、次の将軍決定や地頭《じとう》の問題で険悪化し、院が挙兵を決意するに至ったのだ。ただ、事は院の予期したようには運ばなかった。倒幕への意志の強さとは裏腹に、院方は圧倒的な軍事力の差であっけなく敗れた。わずか一か月の戦いだった。幼い頃に持っていた運の強さは、この時の院にはもはやなかったのである。

承久の乱後

乱後、隠岐に配流された失意の後鳥羽院が島で力を注いだのは、和歌と仏道修行だった。そのどちらにも共通するのは、治天の君だった自分が今置かれている状態を受け入れなくてはいけないと思いつつ、納得できないままおこなっていることである。院は、自分は帝王として間違ったことを何一つしていないのに、なぜこんなふうに絶海の孤島で暮らさなければいけないのか、と思っていたのだろう。だからこそ、弱気な哀願調の歌をよみながらも、繰り返し都――本来自分がいるべき場所への強い思いをよみ、加護を期待していた諸神に怨嗟《えんさ》と甘えの情を訴え続ける。また、都でいったん完成したはずの『新古今和歌集』の精撰に励むのである。『新古今和歌集』は院にとっては「自ら選び定め」(隠岐本識語《しきご》)た歌集であって、隠岐にあっても当然それに手を加える権利はある。そして、隠岐でできたものこそが『新古今和歌集』の紛れもない完成形態だと自負するのである。院は、自身の激変した境遇をよむ一方で、かつてと同様に、伝統的な和歌表現の可能性も追究する。古代から当代までの歌人百人の秀歌三首ずつを歌合形式に番《つが》える『時代不同歌合』を撰集して自身の秀歌観を示したり、藤原家隆をはじめ自らに忠誠を尽くす歌人達とともに歌壇を形成し、歌のやりとりや歌合もおこなったりする。疎遠の定家にも、『百人一首』の編纂などに際して間接的な影響力を持っていた。遠島に居ても、相変わらず後鳥羽院は帝王たらんとしていたのである。

また、この理不尽な状況にあって、せめて仏道に救いを得るべく院は修行に励んだ。が、結局仏道への信仰では、院は自らの帝王意識の強さ――煩悩と言い換えてもいいかもしれない――を浄化することはできなかった。ついに都に帰ることのできなかった院は、たとえ「魔縁《まえん》」になってでも、仏道修行で得た功徳《くどく》を自らの子孫が帝位に就くために廻向《えこう》すると宣言し、また、死んだら水無瀬殿をつねに見守るべく天翔《あまがけ》って帰る、と置文《おきぶみ》を書き、世への未練を強く強く残しながら延応元年（一二三九）二月にその生涯を閉じる。が、その未練の強さが、生前からたびたび囁《ささや》かれていた怨霊説に拍車をかける。以後の後鳥羽院は、怨霊が出現することで利益を得る人々の思惑によって、たびたび怨霊として歴史の表舞台に出てくることになるのだった。

後鳥羽院の和歌の特徴

後鳥羽院の生涯にわたる帝王意識の強さは、和歌にも当然大きく影響している。院の和歌と和歌活動の最大の特徴は、それが政治思想・信仰と分かちがたく結びついていることだ。当然、歌をよむ場は、『新古今和歌集』撰集時はそのために催される歌会や歌合、あるいは撰集の成功を祈念する諸社への奉納和歌など信仰にかかわっての催しが多かった。そこでよまれた和歌は、鑑賞で見た「万代《よろづよ》と」「岩にむす」詠や、勅撰和歌集の撰集が一段落して後の「奥山の」「人もをし」詠のような、あからさまに治世を言祝《ことほ》いだり神の加護を祈ったり、世への思いを吐露するような場合もあるものの、『源氏物語』の桐壺帝になりきってよむ「秋の露や」詠のような、詠歌の場とは関わりないよみぶりも多く見られる。院は「里は荒れぬ」「たのめずは」詠のような、女性の立場でよむ女歌も得意だった。一方、一首の思想性とは別に、「ほのぼのと」「見わたせば」詠のような、広くおぼろな景を壮大にゆったりとよんだ格調ある調《しら》べの歌は、帝王ぶりとも言われ、院の和歌の特徴のひとつでもある。

院の歌は調べにも特徴がある。「熊野川」「人もをし」詠のような同音の繰り返し、頭韻や脚韻を踏むなど、リズムのよさを好む一方で、字余り句を含む歌をよむ傾向も強く、その音の多さが破調の美とでも呼ぶべきものを生んでいる。また、これは『新古今和歌集』そのものの特徴でもあるが、古歌や『伊勢物語』『源氏物語』などの物語の世界を背景とし、一首に新たな深い余情を生む本歌取り・物語取りの技法、初句切れ、三句切れ、体言止めによって抒情と余韻をあらわそうとする工夫も多く見られる。特に、三句切れで連歌の付合《つけあい》のように展開する和歌は、院の得意とするよみぶりだろう。

院の和歌は、基本的にはその詠風に大きな影響を受けた定家をはじめ、新風歌人の影響を受けた、『新古今和歌集』に典型的な歌風といえよう。ただ、院は同時代歌人の歌をまるまる自詠に入れてよんだり、古歌をほとんど剽窃《ひょうせつ》に近い取り方でよんだり、他歌人は決しておこなわないようなよみかたを、特に百首歌や奉納歌でしばしばおこなっている。それは院が下手だからではなく、古歌や同時代歌人の歌を自らの歌に取り込むことによって、和歌の歴史を百首中で示そうとしたり、神仏に奉納して自らの歌壇の繁栄や君臣相和す治世への加護を祈ったり、という意識からの意図的な営みという。後鳥羽院の和歌と和歌活動には、同時代歌人と並列に考えられる側面と、帝王であり歌壇のプロデューサーとして全く別次元でとらえなければ理解できない革新的な一面がある。それが後鳥羽院の和歌の特徴である。

読書案内

『王朝の歌人10　後鳥羽院』　樋口芳麻呂　集英社　一九八五

今は古書店でしか手に入らないが、後鳥羽院の生涯と和歌の総体を知る上でもっとも重要な一冊。巻末に後鳥羽院年譜と和歌索引を付す。

『史伝後鳥羽院』　目崎徳衛　吉川弘文館　二〇〇一

王朝文化史研究の第一人者であった著者が豊富な史料を駆使しつつ、自由奔放な院の姿と当時の社会を描き出す。折々示される著者の歴史観・文学観がまた刺激的。

『後鳥羽院　第二版』　丸谷才一　筑摩書房　二〇〇四

一九七三年読売文学賞を受賞した『後鳥羽院』の増補版。文学史の中心に和歌を据えるよう提言し、そのなかでも後鳥羽院の果たした功績を重視する著者の、独特の読解が冴え渡る評論。巻末に年譜と詳細な和歌索引を付す。

○

『後鳥羽院のすべて』　鈴木彰、樋口州男編　新人物往来社　二〇〇九

歴史・文学の数人の研究者が、後鳥羽院を論じた入門書。政治・和歌に関してだけでなく、後鳥羽院をとりまく女性たちのこと、後世の後鳥羽院像の形成なども多彩に論じられる。後鳥羽院関係史跡事典など巻末の事典・年譜・文献目録が充実。

○『後鳥羽院御集』　和歌文学大系24　寺島恒世校注　明治書院　一九九七

近代以降、『後鳥羽院御集』にはじめて本格的な注が付されたもの。底本は宮内庁書陵部桂宮本。本歌や参考歌の指摘が丁寧で参考になる。解説・参考文献も充実している。

○『新古今和歌集』上下　久保田淳訳注　角川学芸出版（角川ソフィア文庫）　二〇〇七

後鳥羽院が撰集を下命した第八番目の勅撰和歌集のテキスト。コンパクトに重要な指摘がつまっている。解説、地名・人名索引も充実。和歌は右、訳注は左ページ。

○『藤原定家』　久保田淳　筑摩書房（ちくま学芸文庫）　一九九四

歌人としての後鳥羽院がその生涯で最も深くかかわった人物の一人、定家から見た後鳥羽院の人となり、時代の様相が生き生きと伝わる。

『院政と平氏、鎌倉政権』　日本の中世8　上横手雅敬他　中央公論新社　二〇〇二

治天の君という立場で院政を敷いた後鳥羽院の政治的側面を知りたい場合に最適な一書。

『新古今集　後鳥羽院と定家の時代』　田渕句美子　角川学芸出版（角川選書）　二〇一〇

最新の研究成果をふんだんに交じえ、後鳥羽院と定家を軸に『新古今集』が編まれた時代を、多角的に描く。

【付録エッセイ】

宮廷文化と政治と文学（抄）

『後鳥羽院、第二版』（二〇〇四年十二月　筑摩書房）

丸谷才一

和歌といふ文学形式が呪言によつて生れ、儀式となり挨拶となつたといふ折口信夫の考へ方は正しいやうである。これは「アララギ」以後の、呪言でも儀式でも挨拶でもないし、またそれらの名残りをとどめてもゐない現代短歌を中心にすゑて考へるのでない限り、ずいぶん納得のゆく意見のやうな気がする。たとへば近代日本文学における歌のなかでさへ、折口の詠は末世にあつて呪言のあり方をまなばうとしたし、石川啄木の作は平談俗語のうちに挨拶をかはさうとするものであつた。その挨拶がどう見てもいささか卑しいのは啄木に才が乏しいせいではなく、歌が挨拶の場を持たない時代に生きたといふ不運によるものである。折口の呪言の不幸については、もともと彼が百も承知でやつたことなのだから弁護する必要など何もなからう。

かつて和歌はそのための場をしつかりと持つてゐた。言ふまでもなく宮廷であつて、そのことの端的な証拠としては最高の詞華集がすなはち勅撰集であつたといふ事実があげられる。宮廷といふ一世界の人々は、呪術と政治の一致といふ古い様式美をなつかしみながら、

丸谷才一《まるやさいいち》（作家）〔一九二五―〕『たった一人の反乱』『輝く日の宮』。

もはや呪術の言葉ではない、洗練された礼儀と社交としての三十一音を連ねたのである。

雪のうちに春はきにけり鶯のこほれるなみだ今やとくらん

『古今集』巻第一春歌上、「二条のきさきの春のはじめの御うた」だが、これほどの傑作と並ぶだけの返しはむづかしいけれども（それゆゑ返歌は残つてゐない）、しかし歌ひかけられた誰かがただちに唱和するしかなかつたらうといふ弾みと勢ひとは感じ取ることができる。そこには明らかに宮廷といふ詩の場、文明の特殊な姿があつて、たとへば同じ『古今集』の巻第十一恋歌一、

恋せじとみたらし河にせしみそぎ神はうけずぞなりにけらしも

といふ読人しらずの恋歌にしても、その複雑なユーモアの表情と知的な技巧とによつて、歌ひかけてゐる相手の存在を明示し、さらに作者と相手と（それから読者たちと）の住んでゐる世界——宮廷を見せてくれるのである。それはむしろサロンと呼んで然るべき高度な文明の場であつたにちがひない。（保田與重郎が王朝の歌の特性を説明するため、このサロンといふ概念をはじめて用ゐた功績は多大である。たしかに、近代日本文学の貧しいリアリズムの真只中で古い日本文化の豪奢と美について述べるには、西欧の文物を使つて比喩的に言ふしかなかつたらうし、しかもこの比喩は的確を極めてゐる。生活と趣味と素養とが文学の基

盤となつてそれを養つてゐる気配を言ふには、これ以上の形容は見当らないのである。）

このサロンを完成したのは後鳥羽院の宮廷であつたし、サロンの主宰者としての後鳥羽院その人であつた。彼の挨拶はたとへば、

何とまたわすれてすぐる袖の上を濡れて時雨のおどろかすらむ　後鳥羽院
かへし　慈　円
おどろかす袖の時雨の夢のよをさむるこころに思ひあはせよ

思ひいづるをりたく柴の夕けぶりむせぶもうれし忘れがたみに　後鳥羽院
かへし　慈　円
思ひいづる折りたく柴と聞くからにたぐひしられぬ夕けぶりかな

といふやうに、哀傷を詠じながらもあるいは小唄ぶりを生かし、あるいは「哀傷にうれしとよみたる名誉」（『耳底記』）を誇つて、技巧の妙を盡してゐた。そしてかういふ故人をしのぶ悲しみの歌が、たとへば「ぬれて時雨の」の一首など特にさうだが、詞書きを改めればそつくり恋歌になるやうに作られてゐることは、エロチックなものを尊ぶ宮廷の好尚をうかがふ材料となるであらう。これもまたサロンの一資格であることは言ふまでもない。

後鳥羽院は和歌の本質と宮廷とのこのやうな関係をよく知つてゐた。『後鳥羽院御口伝』のなかで執拗に藤原定家を批判してゐることは有名だが、彼の非難の勘どころは要するに、定家が歌の場としての宮廷を重んじないで、和歌をもつと純粋な文学に仕立てようとしてゐるといふことである。定家は挨拶の歌を軽んじてゐる。「惣じて彼の卿が哥存知の趣、いささかも事により折りによるといふ事なし」。定家の批評は折りに触れての歌といふおもしろさを解してゐないふ窮屈なもので、これでは礼儀と社交といふ最も基本的なものが文学から放逐されてしまふといふのだ。

その実例をあげようとして後鳥羽院が思ひ浮べるのは建仁三年「大内の花の盛り」である。宮中の花見の際に定家は左近の桜の下で、左近衛府の次官のまま二十年も官位が昇進しない自分を嘆いて、

年を経てみゆきになるる花のかげふりぬる身をもあはれとや思ふ

といふ一首を詠じたが（「みゆき」は「行幸《みゆき》」と花の縁語の「深雪《みゆき》」とをかけてあるし、「ふり」は「降り」と「古り」をかける）、これは「述懐の心もやさしく見えし上、ことがら（歌を詠んだ状況）も希代の勝事」で、「尤《もつと》も自讃すべき哥と見え」たのに、定家は（おそらく『新古今集』撰修の際）「たびたび歌の評定の座にて」あまりよい歌ではないと言ひ張つた（結局この歌は第一句を「春を経て」と改めた形で『新古今』巻第十六雑歌上に収められる）。ところがこの同じ日、後鳥羽院が硯の箱の蓋に桜を入れて摂政太政大臣、藤原良経

のところへ贈つたところ(添へた歌は「今日だにも庭を盛りとうつる花消えずはありとも雪かともみよ」)、

誘はれぬ人のためとや残りけんあすよりさきの花の白雪

といふ返歌があつた(「さき」は「咲き」と「先」とをかける)。この歌はさほど優れたものではないが、良経は『新古今集』にぜひ入れてもらひたいと言ひ、「このたびの撰集の我が歌にはこれ詮なり」としよつちゆう自慢したとやら。そんな歌壇の逸話を後鳥羽院は披露して、「先達どもも、必ず歌の善悪にはよらず、事がらやさしく面白くもあるやうなる歌をば、必ず自讃歌とす」と和歌の伝統を説いてゐるのだが、これは一見したところ定家の強情を咎めてゐるやうだけれども、実は、歌をその具体的な場としての宮廷から遊離させて純粋な芸術にしようとする定家の態度を批判してゐるのである。彼には職業詩人の求めてゐる前衛性があやふいものに見えて仕方がなかつたのだ。そして、後鳥羽院が「定家は題の沙汰いたくせぬ者なり」と批判してゐることも、このへんの事情とかなり関係があらう。彼にはすでに題詠を軽んじる気配があつたのだ。

もちろん定家に挨拶の歌がわからなかつたはずはない。現に後鳥羽院と後京極摂政との唱和は『定家八代抄』に選ばれ、「むせぶもうれし」は『近代秀歌』と『定家八代抄』の双方に採られてゐるのである。そして後鳥羽院の歌が時としてどれほど定家ふうの前衛性を帯びてゐるかは、くだくだしく説明するまでもないはずだ。しかし表面でのさういふ近接した関係はともかくとして、それにもかかはらず二人の文学観にたしかにあつた決定的な差異を、後鳥羽院はこの「みゆきになるる花のかげ」についての「評定の座」で感じ取つたのであらう。それは定家の側にしても同様で、彼に言はせればディレッタントの場合ならともかく専門の詩人の場合、この程度の遊戯的な作品を珍重されては困ると感じてゐたことだらう。そしてわたしはこのときの二人の対決こそ、日本文学史の時代区分にとつて最も重要な日付けであつたと考へてゐる。宮廷中心の古代文学はここで終つた。『新古今集』は古代文学の終り、宮廷と文学とのしあはせな関係の結末を記念する豪奢華麗な詞華集なのである。『古今』から『新古今』までの八つの勅撰集を「八代集」と呼び、それ以後の「十三代集」ときびしく区別するのは、かういふ文学史の移り変りが古人にも明らかに感じられたせいであらう。

それならば、宮廷中心の古代文学が終つたときにはじまつたものは何だらうか。日本の詩が詩の場を喪失するといふ事態が生じたのである。『玉葉集』と『風雅集』の歌人たちはこのことに苦しんだあげく、実質的にはもはや存在しない宮廷があたかも存在するかのやうに装ふといふ方法を発明した。『玉葉』『風雅』の清新な叙景歌とはみな、このための逃避の試みといふ一面を持つものである。このあたりから日本の詩は、密室での孤独な作業といふ色調を全体として強めたと言つてもよからう。これをさらに進めたのは一世紀後の正徹で、彼はどうやら、実在の宮廷などはいらない、古典のなかにそれは存在してゐるからと考へたやうな気がする。吉野山はどの国にあると知る必要はない、「ただ花にはよしの山、もみぢには立田を読むことと思ひ付きて、読み侍るばかりにて、伊勢の国やらん、日向の国やらんしらず」といふ有名な放言の意味するものを、歌枕の問題から詩の場の問題へと移せば、かういふ推論は容易に出て来るだらう。このとき宮廷は幻の宮廷となり、定家の詩法はその極限まで究められたのである。まことに徹書記こそは京極黄門の真の弟子であつたと言はなければならない。烏丸光栄は正徹を評して「歌は上手なり。風体はあし。撰集に入れられぬなり」と述べたさうだが、勅撰集に入れられない歌の上手といふ評は、彼と宮廷文化との関係を絵に描いたやうに示してゐるだらう。

しかしこの方法を承けつぐ天才はゐなかつたし、詩人の精神のいとなみがその基盤としての具体的な場を持たないといふ不幸は、長く日本文学の悩みとなつた。詩は孤独なものに変じ、孤独を埋めるだけの力は詩人になかつたのである。さう考へるとき、芭蕉の歌仙は詩の場を持たうとしての恐しい新工夫としてわれわれに迫ることになるであらう。彼は草庵において宮廷をなつかしむことを一つの儀式として確立した。あるいは、西行においては個人の感懐ですんだものが、彼においては儀式の力を借りなければならなかつた。そして俳諧が粋に洒落のめしながら衰弱して行つたとき、芭蕉と並ぶもう一人の天才は、宮廷と和歌との密接なかかはりあひ方それ自体のパロディを作つた。言ふまでもなく蜀山人であり天明狂歌である。宮廷文化が存在せず、それにもかかはらずその美しさが心をとらへるとき、打つ手はただこれしかないと彼は観念してゐたにちがひない。ここで宮廷文化としての日本の短詩形文学は、その余映をもつて江戸の空をあかあかと染めたことになる。

しかしかういふ後日譚に属することは、さしあたりどうでもよからう。いま大事なのは、後鳥羽院が宮廷と詩との関係を深く感じ取つてゐて、宮廷が亡ぶならば自分の考へてゐる詩は亡ぶといふ危機的な予測をいだいてゐたに相違ない、と思はれることである。それは彼にとつて文化全体の死滅を意味する。彼はそのことを憂へ、詩を救ふ手だてとしての反乱といふほしいままな妄想に耽つたのではなからうか。承久の乱はその本質において、文藝の問題を武力によつて解決しようとする無謀で徒労な試みだつたのではないか。わたしにはそんな気がしてならない。「おく山のおどろが下も踏みわけて」世にしらせたいと彼が願つた「道」とは歌道であり、あるいは歌道を中心とする文明のあり方であつた。そして定家はもはやそのやうな幸福があり得ないことをよくわきまへてゐたのである。

吉野朋美（よしの・ともみ）
＊1970年　東京都生。
＊聖心女子大学卒業、東京大学大学院修了、博士（文学）。
＊現在　中央大学文学部准教授。
＊主要著書・論文
『堀河院百首和歌』（共著、明治書院）
『俊頼述懐百首全釈』（共著、風間書房）
「後鳥羽院における源俊頼」（「国語と国文学」86-9）

後鳥羽院《ごとばいん》　コレクション日本歌人選　028

2012年2月29日　初版第1刷発行
2018年10月5日　初版第2刷発行

著者　吉野朋美
監修　和歌文学会

装幀　芦澤泰偉
発行者　池田圭子

発行所　有限会社　笠間書院
東京都千代田区神田猿楽町2-2-3［〒101-0064］
NDC 分類911.08　電話　03-3295-1331　FAX　03-3294-0996

ISBN978-4-305-70628-7 印刷／製本：シナノ
 （本文用紙：中性紙使用）
出版目録は上記住所または info@kasamashoin.co.jp まで。

コレクション日本歌人選　第Ⅰ期〜第Ⅲ期

第Ⅰ期　20冊　2011年（平23）2月配本開始

1	柿本人麻呂＊	かきのもとのひとまろ	高松寿夫
2	山上憶良＊	やまのうえのおくら	辰巳正明
3	小野小町＊	おののこまち	大塚英子
4	在原業平＊	ありわらのなりひら	中野方子
5	紀貫之＊	きのつらゆき	田中登
6	和泉式部＊	いずみしきぶ	高木和子
7	清少納言＊	せいしょうなごん	圷美奈子
8	源氏物語の和歌＊	げんじものがたりのわか	高野晴代
9	相模＊	さがみ	武田早苗
10	式子内親王＊	しょくしないしんのう（しきしないしんのう）	平井啓子
11	藤原定家＊	ふじわらていか（さだいえ）	村尾誠一
12	伏見院＊	ふしみいん	阿尾あすか
13	兼好法師＊	けんこうほうし	丸山陽子
14	戦国武将の歌＊		綿抜豊昭
15	良寛＊	りょうかん	佐々木隆
16	香川景樹＊	かがわかげき	岡本聡
17	北原白秋＊	きたはらはくしゅう	國生雅子
18	斎藤茂吉＊	さいとうもきち	小倉真理子
19	塚本邦雄＊	つかもとくにお	島内景二
20	辞世の歌＊		松村雄二

第Ⅱ期　20冊　2011年（平23）10月配本開始

21	額田王と初期万葉歌人＊	ぬかたのおおきみ　しょきまんようかじん	梶川信行
22	東歌・防人歌★	あずまうた　さきもりうた	近藤信義
23	伊勢＊	いせ	中島輝賢
24	忠岑と躬恒＊	みぶのただみね　おおしこうちのみつね	青木太朗
25	今様＊	いまよう	植木朝子
26	飛鳥井雅経と藤原秀能＊	まさつね　ひでよし	稲葉美樹
27	藤原良経＊	ふじわらのよしつね（りょうけい）	小山順子
28	後鳥羽院＊	ごとばいん	吉野朋美
29	二条為氏と為世★	にじょうためうじ　ためよ	日比野浩信
30	永福門院＊	えいふくもんいん（ようふくもんいん）	小林守
31	頓阿＊	とんな（とんあ）	小林大輔
32	松永貞徳と烏丸光広＊	ていとく　みつひろ	高梨素子
33	細川幽斎★	ほそかわゆうさい	加藤弓枝
34	芭蕉＊	ばしょう	伊藤善隆
35	石川啄木＊	いしかわたくぼく	河野有時
36	正岡子規＊	まさおかしき	矢羽勝幸
37	漱石の俳句・漢詩＊		神山睦美
38	若山牧水＊	わかやまぼくすい	見尾久美恵
39	与謝野晶子＊	よさのあきこ	入江春行
40	寺山修司＊	てらやましゅうじ	葉名尻竜一

第Ⅲ期　20冊　2012年（平24）6月配本開始

41	大伴旅人	おおとものたびと	中嶋真也
42	大伴家持	おおとものやかもち	池田三枝子
43	菅原道真	すがわらみちざね	佐藤信一
44	紫式部	むらさきしきぶ	植田恭代
45	能因	のういん	高重久美
46	源俊頼	みなもとのとしより（しゅんらい）	高野瀬恵子
47	源平の武将歌人		上宇都ゆりほ
48	西行	さいぎょう	橋本美香
49	鴨長明と寂蓮	ちょうめい　じゃくれん	小林一彦
50	俊成卿女と宮内卿	しゅんぜいきょうじょ　くないきょう	近藤香
51	源実朝	みなもとさねとも	三木麻子
52	藤原為家	ふじわらためいえ	佐藤恒雄
53	京極為兼	きょうごくためかね	石澤一志
54	正徹と心敬	しょうてつ　しんけい	伊藤伸江
55	三条西実隆	さんじょうにし　さねたか	豊田恵子
56	おもろさうし		島村幸一
57	木下長嘯子	きのした　ちょうしょうし	大内瑞恵
58	本居宣長	もとおりのりなが	山下久夫
59	僧侶の歌	そうりょのうた	小池一行
60	アイヌ叙事詩ユーカラ		篠原昌彦

＊印は既刊。　★印は次回配本。

『コレクション日本歌人選』編集委員（和歌文学会）
松村雄二（代表）・田中　登・稲田利徳・小池一行・長崎　健